# 神秘女孩

*The Mystery Girl*

[美]卡罗琳·威尔斯 著

李晨 译

上海文艺出版社

上海故事会文化传媒有限公司

# 名家导读

/ 肖惠荣

  肖惠荣（1980- ），女，江西樟树人，文学博士，2008 年毕业于北京师范大学比较文学与世界文学专业，现为江西师范大学文学院教师，兼任江西师范大学叙事学研究中心副主任、江西省外国文学学会副秘书长，主要从事外国文学及叙事学的教学与研究工作。已在《外国文学研究》《甘肃社会科学》《江西师范大学学报》（哲社版）等核心刊物发表相关学术论文数篇，其中《叙事的无所不在与叙事学的与时俱进》（第一作者）被人大复印资料《文艺理论》转载。译著有《香烟、高跟鞋及其他有趣的东西：符号学导论》（第一译者），主持江西省社科规划课题、江西省高校人文社科课题、江西省哲学社会科学重点研究基地重点课题各一项。


  卡罗琳·威尔斯（1862-1942，以下简称威尔斯）是一位著作等身的美国女作家，她的作品范围极广，既有生动活泼的儿童故事，又有幽默风趣的打油诗，还有老少皆宜的侦探故事。威尔斯在创作上的成功得益于她孩童时代养成的良好的阅读习惯。在学生时代，威尔斯阅读了大量的课外读物。完成学业后，她成为一名图书管理员，这份工作让她有更多的机会接触各类书籍，宽广的阅读视野为她后期的创作生涯打下了坚实的基础。从 1900 年开始，威尔斯全身心投入文学创作中，这位作家以幽默著称，她一直将侦探题材奉为至宝，出版的第一本小说《斯芬克斯的标志》就是一本字谜集，语言文字游戏同样贯穿在《神秘女孩》之中。

侦探推理小说一般是围绕着如何破解一起离奇的凶案开始的，气氛相对恐怖和压抑。然而，如果不是提前被告知这是一部推理小说，在开始阅读《神秘女孩》时，很少有读者会将其归入其中。主要是因为故事的发生地——科林斯镇宛若世外桃源，风光旖旎，景色宜人，镇上还住着不少名门望族的后裔；不仅如此，这里学术气氛极浓，拥有一所一流高等学府——科林斯大学。该校校长约翰·华林博士（以下简称华林博士）看上去前途一片光明，他似乎拥有人们期待的一切：英姿飒爽、声名显赫，年纪轻轻便当选为一校之长；他住的房子高大精美，尤其书房，简直是"整栋房子的明珠"，与他学者的气质相得益彰；更让人羡慕的是，他锲而不舍追求的对象——人美嘴甜却又不乏端庄稳重的艾米丽·贝茨太太终于答应了他的求婚，这是一场双向奔赴的爱情，他爱她，她也爱他，两人佳偶天成，婚期将至，准备携手共度余生。他的一生似乎都在证明"有人一生都在奔赴罗马，但有人一出生就在罗马"。读者很难想象这个美丽的镇上将会发生一起凶杀案，更想不到这位清俊儒雅的大学校长将会在这起凶杀案中丧失自己宝贵的生命。

从根本上改变华林命运的是一个神秘女孩的出现，这个女孩名叫安妮塔·奥斯汀，一出场便充满神秘色彩。她就像突然出现在凡间的外星生物，镇上无人知道她的来历，这个神秘女孩也不热衷于社交，对个人隐私极其注意，不轻易与人交往，经常独来独往，对众人的主动示好表现得尤为冷淡。她的神秘激发了以亚当斯太太为首的小城居民们强烈的好奇欲，无论是热情的老妇人，还是殷勤的小伙子，不管这些人"怎么努力，都打动不了她"。可她又天生丽质，宛若天仙，自带的神秘感让她的美貌更具诱惑力，尽管年纪轻轻，但她用自己的美貌再一次证明了"颜值即正义"这个道理，几乎不费吹灰之力就能俘获异性的心，寄宿公寓房东"老水手"亚当斯、贝茨太太的侄子平克尼·佩恩、华林博士的秘书戈登·洛克伍德无不为她的容颜所倾倒，要么对她百般呵护，要么对她言听计从。可这个神秘女孩看上去并不在乎这些，不管和谁交往，她都显得非常平静，只对一个人例外，那就是华林博士。

　　神秘、孤傲、冷淡的奥斯汀小姐看上去对华林博士兴趣满满，整宿整宿从窗口朝科林大学的方向张望，不放弃任何一个能接触到华林博士的机会，哪怕只是一张报纸上的照片。首先洞悉这一点的是奥斯汀小姐在寄宿公寓的邻居，也是她的爱慕者之一——洛克伍德。这位秘书平静如水的外表下藏着一双擅长察言观色的眼睛，这双眼睛在很长一段时间内充当了感知者的角色，它就像一扇窗户，借助这双被虚构、被叙述出来的眼睛，现实世界的读者能清晰地窥视到虚构世界中人物的所作所为、所思所想。但读者对人物的直接凝视实际上是一种幻想，在这种幻想中，读者错误地以为自己再一次触摸到了事实，但往往这种经过了人物滤镜的事实不一定是真相，甚至一定不是真相。从侦探小说的创作角度来说，实际上是读者又一次被作者的叙述"花招"所戏耍了。在被手机屏幕支配、各类真假信息包围的今天，明白这一点尤为重要，我们总是相信"眼见为实"，但这种跟随别人目光"眼见的真实"经过重重包装后，只是别人有意引导的假象而已。

　　当华林博士在台上侃侃而谈时，一直密切注意奥斯汀小姐的洛克伍德发现，那个女孩一反昔日的冷漠，眼睛始终"没有离开过演讲者的脸"，尽管极力克制，但仍显得情绪激动。当贝茨太太领着这个神秘女孩出现在华林博士的府邸，并向自己的未婚夫正式介绍她时，一向喜行不露声色的华林博士在听到女孩的名字后，竟然失手打碎了自己手中的茶杯，借口工作，将自己独自关在书房中，他的表现让周围的人大感意外，因为科林斯镇人熟悉的华林博士一向举止优雅得体，从未有失态的时刻。更为诡异的是，就在那个晚上，当所有的客人都散去后，华林博士整个晚上独自一人待在书房里，并把所有的门从里面锁了起来，摆出一副拒绝的姿态防止他人入内。第二天早上，他却被发现死在了书房里的办公桌旁，颈静脉被刺伤后失血而亡，死后额头上还留有一个红色的印记。

　　是谋杀还是自杀？洛克伍德坚持认为他的雇主是自杀身亡，因为书房的所有入口都从里面被锁上了，没有人可以进入这个坚如铁桶的书房中。但洛克伍德本人在现场的种种行为却引发了周围人包括警察对他的怀疑，在凶案现场，他偷偷藏起了一张纸条，趁人不备还抚平了椅背上遗留的痕迹。不久之后，警察还在他的房间内发现了一大叠的账单。作案动机找到了，作案时间似乎也具备，这位忠于职守的秘书在发生凶案的那个晚上，一直守在书房前，直至夜深才离开。但书房所有入口都从里面被锁上了，没有证据能直接表明洛克伍德就是杀人凶手，尽管他的行为确实令人生疑。洛克伍德的自杀论遭到了这座大学城大多数居民的反对，因为这位大学校长正处在人生春风得意之时，事业爱情均如意，没有任何自杀的理由。但如果是谋杀，行凶者又是如何进入室内的呢？那晚当班的日本男仆野路可能见证了整个凶案的发生过程，也可能就是凶手本尊，可他在案发当晚便逃之夭夭，音讯全无。关键证人的缺席，贴身秘书的守口如瓶，凶器的销声匿迹，还有那些被烧毁的文件，这一切使得整个案件扑朔迷离，令人费解。这座小镇因为这件事情热闹非凡，似乎每个人对此都有自己的想法。

但当地的警察和居民很快发现，神秘的奥斯汀小姐似乎和华林博士一案有着千丝万缕的联系，书房落地窗外的雪地上有一串小脚印，这些脚印不仅形状大小和奥斯汀小姐的脚吻合，而且一直通向神秘女孩寄宿的公寓，在奥斯汀的房间内还发现了凶案现场丢失的现金和红宝石领带夹，邻居指证这个神秘女孩案发当晚到过华林博士的家。奥斯汀小姐虽矢口否认了上述种种指控，却不肯提供更有利的证据来证明自己和本案无关。华林博士深受当地人的爱戴，作为这一凶案的主要犯罪嫌疑人之一，奥斯汀小姐几乎遭遇了全城居民的抵制，马上要居无定所，流落街头。在她即将身陷囹圄之时，洛克伍德信任她、支持她和帮助她，与她并肩作战，为她遮风挡雨，他无私的行为赢得了女孩的爱情，两个性格迥异的年轻人终于走到了一起。可是华林博士死亡之谜一天没有解开，他们就无法全身心地享受爱情的甜蜜。

神探弗莱明·斯通的出场扭转了整个故事的走向，这位威尔斯笔下的"福尔摩斯"和他的助手小谎两人，通过层层推理，抽丝剥茧，终于发现了事情的真相。他们惊奇地发现，人们口中的犯罪嫌疑人是如此聪明和勇敢，她的三缄其口，是为了守住一个秘密，因为这是她能想到的维护华林博士名誉最好的方式。而博士的突然死亡，也是因为他预感到，这个秘密的曝光将会损害到科林斯大学的声誉，他不怕麻烦，也不担心会因此受苦受累，但他不愿意他热爱的学校、他爱的人因为这件事情而受到伤害，哪怕这种伤害并不致命，为此他献出了自己的生命，为了减少舆论带给他人及学校的压力，他让自己成了祭品。

戈登·洛克伍德、安妮塔·奥斯汀、约翰·华林，为了他们的爱人，为了他们的亲人，为了他们所热爱的事业，愿意倾其所有，即便是牺牲最宝贵的性命，也在所不惜。他们用自己的行为再一次诠释那个古老的命题：爱不是索取，而是付出，爱不是占有，而是奉献。

# Contents

# 候任校长

　　一座大学城，尤其是新英格兰地区的大学城，除了拥有独特的自然风貌，还具有别样的氛围。城里的学术活跃度不高，总要在提醒之下，本地人才会意识到自己身处一座学术殿堂之中，并以此自命清高。

　　风光旖旎的科林斯小镇便是其中之一。从绿树浓荫的宅舍到郊外白色廊柱的房屋，无不散发出令人心满意足的优越感。

　　这并不是说当地人自命不凡，目空一切。他们只是接受了这个事实：科林斯大学跻身于全国一流学府。土生土长的科林斯人个个为此深感自豪，认为自己完全配得上这块宝地。

　　小镇景色宜人、通衢整洁、宅舍整饬。在偌大的新英格兰地区再也找不到比这儿更加规整的地方。

当然，从某种意义上说，学生才是这里的主人，然而在小镇的另一端仍住着不少自封为名门望族的人家。

不论从哪方面来看，科林斯都称得上是一座名副其实的大学城，令当地人与有荣焉。

科林斯大学刚刚经历了一场惊心动魄、痛苦胶着的大学校长选举。

竞选旷日持久，随着进程，霸主之争也日趋白热化。较量在两大派系之间展开：一边是保守派，因循守旧；一边是新派，开创进取。

经过一番艰苦卓绝的较量，最终，保守派的候选人约翰·华林胜出。

平心而论，华林并不是个冥顽不化、固执狭隘的老古董，但他恪守不渝地贯彻传统的办学原则和方法，重书本知识，轻体育技能，而他本人和他的支持者们都坚信，那才是这座久享盛誉学府的立校之本。

虽然他的获选已是既定的事实，但约翰·华林已然敛怨树敌，化解这些恩怨的希望也是渺然无期。

然而，华林不为外界的质疑声所动，依旧保持心绪平静、从容淡定。他是个只要认准了方向，便会恪尽职守的人。他一旦接受了这个职位的责权和信任，便一心一意维护名誉，绝不让校长名册受到一丝玷污。

不过，就职典礼要到六月才举行，而此时仅是二月，这样他便有了四个月的时间来适应新职责，并从即将卸任的校长那里取经。

必须强调的是，约翰·华林绝不是个不受欢迎的人。恰恰相反，在科林斯，他深受众人尊重与喜爱。即便是竞争对手也承认他能力过人、品德高尚、魅力非凡。他的当选令对手黯然失落，但这种情绪并不是针对约翰·华林本人，而是因为新派实在渴望能有候选人开创新局面。

自然，还是有人公开表达了对新校长的质疑，但是到目前为止，还没有形成真正的反对势力，希望将来也不会有人提出异议。

眼下，不论是出于即将履新职位的迫切要求，还是因为贝茨太太的魅力实在令人难以抵挡，华林希望在就职典礼之前能与这位女士喜结连理。

"这可是好事一桩，"邻居亚当斯太太评论道，"约翰·华林这么帅气，早就该成个家，再说，单身汉怎么能做科林斯大学校长呢！我倒要看看，招待会上还能是谁站在他身边！"

招待会深受科林斯当地居民的喜爱，而亚当斯太太是众多拥趸者之一。

每座大学城里都有各式各样的寄宿家庭、小旅馆和酒店，规格等级不一。其中，亚当斯太太的房子是公认的最舒适、最温馨的寄宿之家。

这位心地善良的女士的丈夫虽然有个"老水手"的绰号，但压根就不是一名海员，他也从未出过海。其实他是索斯顿托尔家族里的普通一员，很久以前他就被人起了这个颇为不敬的绰号，并渐渐传开，

3

直至今天。

"可不是嘛！"亚当斯太太斩钉截铁地说，"科林斯可从来没有过单身汉校长，我希望将来也不会有。贝茨太太人美嘴甜，守寡四年，我敢说，她可是华林博士妻子的合适人选。她为人端庄持重，又不失主见。"

艾米丽·贝茨是个普通人，个头不高、略带丰满、金发碧眼、满目含笑。她属于讲求舒适、恋家的那一类人，天生的好性子，高情商，从不在人前失态。

一开始她一直拒绝约翰·华林的示好，但架不住他锲而不舍的追求，渐渐地喜欢上这个高大健壮的男子，于是便坠入了情网。

华林先生仪表堂堂，器宇轩昂。他身材高大、体型匀称、为人矜持、寡言少语，但据艾米丽·贝茨观察，这样反而显得稳重自信、魅力非凡。

两人佳偶天成。华林四十有二，贝茨太太芳龄三十，但看上去都比实际年龄年轻，仍然保持着青年时期的兴趣爱好和热情。

同时，二人与科林斯大学休戚相关。贝茨太太的先夫曾是学校里的著名教授，所以这位娇小活泼的女士深谙并钟爱这所学堂的历史和传统。

约翰·华林和艾米丽·贝茨的婚礼日渐临近，或许唯一对此耿耿于怀的人便是佩顿太太了，此人是华林的现任管家太太。一旦新主妇入住，这便意味着她将失去自己原来忠心耿耿任职十年之久的地位，意味着她和十八岁女儿海伦将失去这个美好而称心的家，无法继续居住下去。

尽管华林尚未告知管家太太离职，但她心里清楚，解聘通知说来就来，当然她心里也明白，这一天迟迟没有到来是华林先生的性格使然，他总是不肯在言语或行为上令别人不快。毕竟佩顿太太是他姐姐的校友，这么多年来一直尽心尽责地照顾着他。但她必须得走，因为新来的女主人是位伶俐能干的巧妇，不需要管家相助。

二月数九寒天，这日下午，佩顿太太正在暖洋洋的客厅里端茶待客，座上宾正是艾米丽·贝茨。这是她难得的一次放纵，毕竟她素来行事谨慎，守规矩、讲礼数，而科林斯人也向来苛责得很。不过话又说回来，在自己未来的新家里喝杯茶总不至于被人说三道四了吧！

两位女士彼此以礼相待，即使暗地里怀有敌意，至少表面上完全看不出来。

艾米丽·贝茨手里接过日本男仆奉上的茶盏，开口说道："约翰，我今天来是想告诉你，我在镇子上听到了一些传言。听说有人要发起针对你的不轨蓄谋。"

"不轨蓄谋，好有画面感的表述，"华林淡然一笑，徐徐搅拌着茶杯里的茶，"马上让人的脑海里浮现出麦克白的女巫们发出的无妄之灾预言。"

艾米丽冲他嫣然一笑："你可别说笑，这个说法可不是凭空想象出来的。"

"都是些捕风捉影的传言。"戈登·洛克伍德在一旁说出自己的看法。他是华林的秘书，也是家庭成员之一。

"那可不一定，"贝茨太太反驳道，"有的事情传得有鼻子有眼，只是听上去还不到耸人听闻的地步。"

"比如说……"华林问，"从哪儿传出来的？是大一新生将给我做一张苹果馅饼床，还是大四的老生打算捉弄我？嗯？"

"正经点，约翰，"贝茨太太恳求他，"我跟你说，眼下有人在策划行动，挑起事端。我听说他们打算拿选举做文章。"

"哦，那他们可无法得逞，任何人都休想，"洛克伍德态度坚决，"别担心，贝茨太太。我可以肯定地说，外界的一举一动都在我们的视线之中，我认为没有针对华林博士的不轨蓄谋。"

"我也听到过这样的传闻，"佩顿太太言之凿凿，"虽然是些不着边际的话，但确实有这样那样含沙射影的谣言，毕竟无风不起浪嘛。博士，你最好还是调查一下。"

"是啊，"艾米丽·贝茨连声附和，"约翰，你不妨调查一下看看。"

"可我能怎么做啊？"华林笑着说，"我总不能挨家挨户地上门说'我是米调查一个谣言的'吧！"

"哦，别犯傻了！"贝茨太太抗议道，两只圆润的小手在空中一挥，又轻轻地落在大腿上，"你的人不会办事。要是佩顿太太或者我，可以不着痕迹打听得一清二楚。"

华林连忙请求道："那你们何不去做呢？"佩顿太太听到客人把自己和她相提并论，不由得露出满意的笑容。

"只要你肯，我会去的。"艾米丽郑重其事地说，"我就是要你这句话。不得到你的首肯，我是不会和任何人去采取任何行动的。"

"好吧，那就放手去做吧，毕竟也没什么坏处。"

"可是，华林博士，"洛克伍德插嘴道，"这样做是否欠妥？我担心一旦贝茨太太有所行动，她不免会比预想的要陷得更深，而且谁也说不准到时候会发生什么样的事情。"

"千真万确，艾米丽。按目前情况来说，你还是小心点为好。"

"瞧你，约翰，你怎么出尔反尔！刚刚你还说放手去做吧，现在你就改口叫停！我并不是介怀你改变想法，让我生气的是，你对这件事情抱着无所谓的态度。你就听之由之，也太不上心了。"

"华林博士一向脑子转得快着哩。"佩顿太太说。艾米丽微微瞪了她一眼。

管家太太时刻记着自己在这个家中的地位难保，所以她不放过任何可以表现的机会。

"当然，我了解他这一点。"艾米丽做出如是回答，接着她对着两位男士继续说下去。

"洛克伍德先生，你快劝劝他。不是出于身份职责——这一点他从不会混淆，而是出于有义务调查此事的必要性。"

"艾米丽，你口才真是了得啊！"华林鞠躬致敬，"我几乎被你说动，快要相信自己身边危机四伏了啊！"

"你还在开玩笑！"蓝色的眼睛闪闪发亮，而玫瑰色的小嘴赌气般地噘起，"好吧，我警告你，你若是不肯去做，我就替你去做！正如洛克伍德先生提醒的，说不定会给你带来麻烦！"

"好一个自相矛盾的妙人儿！一边费尽心思地让我避祸除灾，一边又宣称会让我卷入麻烦之中。罢了，罢了，这还是在我俩的订婚期间，若是结了婚，真不知道你还会做出什么样的事来！"

"喏，到时候你可得对我言听计从哦。"富有表现力的双手大幅度地一挥，做出完全服从的手势。

"那你就会发现他可不是能够轻松驾驭的。"佩顿太太断言道。艾米丽·贝茨一言未发，但她盛气凌人的眼神让管家太太恨恨地闭紧薄薄的嘴唇。

粗线条的约翰·华林对这场附加戏毫无察觉，但对于善于洞察人性的洛克伍德来说，无疑旁观了一出好戏。

他暗中观察着佩顿太太，留意到她仍在履行女主人的职责，把注意力放在茶盘上，俨然一副自命不凡的样子。

"伊藤，上点刚烤好的吐司片，"她吩咐道，日本男仆训练有素，垂首帖耳，"再加点柠檬片，我看到又有客人登门来了。"

她面带微笑瞧向窗外，片刻之后，一个年轻男子欢快地走进房间。

"大家好，"他大声打招呼，"你好，艾米丽姨妈。"

他响亮地亲吻了一下贝茨太太的香腮，并对佩顿太太孩子气地鞠了一躬。

"你好，博士姨夫！""你好吗，洛克？"他一边跟人打着招呼，一边四仰八叉地倒在一把安乐椅上。"哇哦，这不是特洛伊城的大美人海伦嘛！"

海伦·佩顿一走进屋子，他便跳了起来。她叫道："哎呀，平克，你什么时候来的？"

"刚到，我的姑娘，你刚才从凸窗栅栏里看到我，就跑下楼来，把阳光带到了我的笑容里。"

"平克，规矩点。"姨妈嗔怪地提醒他。见海伦的脸颊抹上一道绯红，她才意识到这个口无遮拦的小伙子说的是实话。

平克尼·佩恩是艾米丽·贝茨的外甥，今年刚上大学，非常喜爱自己的英文老师华林博士，也喜爱自己的姨妈，在她面前总是一副淘气样。可他并不趋炎附势，既然姨妈将要嫁的人，既是自己最喜欢的教授，同时也是新当选的大学校长，他也就不见外，与一家人都相处得亲厚随意。

他的昵称[1]不仅是大名的缩写，也体现出他充沛的精力和永不褪色的红脸颊特征。除此之外，他就是个爱嬉闹、没心没肺的大男孩，是学校里调皮捣蛋的领头羊，经常挨批受罚，但消停了没多久，又开始琢磨起下一个恶作剧。

桀骜不驯的平克令海伦·佩顿倾心不已，然而平克虽然也喜欢她，但这种喜欢与他对许多其他人的喜欢是一样的，甚至还算不上他最喜爱的人之一。

"茶，佩顿太太？哦，要喝的，正求之不得呢，谢谢！好的，两片柠檬，三勺糖。还有吐司，蛋糕，哇哦，太好吃了！大饱口福啊！艾尔玛·梅特可从没给我们吃过这么好吃的东西！艾米丽姨妈，等你结婚了，我能不能每天都过来喝杯茶？再带几个人来？"

"这个问题让我来回答：可以。"约翰·华林答道。

"我做一下修正：可以，但得提前预约。"贝茨太太补充道，"听着，平克，你是个讨人喜欢的孩子，但你不能因为这里将是我的家，就把

---

1　Pinckney 的昵称是 Pink，在英文中有"粉红色"的含义。

房子占为已有，事事都插一手。"

"姨妈，我可没有这种非分之想。我只想让你把我占为已有。你不会把现在的厨子给换掉吧？"

他一边大口咀嚼着抹了果酱的厚切吐司，一边眼巴巴地望着姨妈。

"也许换，也许不换，"佩顿太太插嘴说，"厨子通常都不想在一个东家干太久。"

"平克，不管怎么说，家里都会有个厨子，总有人乐意干。"姨妈的这番话让他放宽了心，于是转身去捉弄海伦·佩顿，而女孩也乐意被捉弄。

"海伦，我今天看到你的意中人了。"他说。

"哪个？"她不动声色地问。

"有很多吗？好吧，就是指那个泰勒，经常在老水手家闲混的那个。对了，校长姨夫，哦，我这么称呼您有点操之过急，不过很快您就成为我的校长兼姨夫了。现在顾不上这个，鲍勃·泰勒说外面有些风言风语。"

"草动知风向。"华林说。

"是的，先生。可是现在传得越来越凶。泰勒说，眼下有人在蓄谋行动，一旦等您上任后实施您的计划，他们就会让您难堪。"

"我的计划？"

11

"是的，先生。总之是和田径、体育相关的。"

"我所谓的计划具体是什么呀？"

"他们说，您打算砍掉体育……"

"哦，平克尼，你知道不是这么回事！"

"可是，华林博士，有些人似乎认为您就是这么打算的。如果您现在宣布您的计划……"

"听着，平克，你是不是觉得，和你姨妈的婚事就够我操心的了，在办婚礼之前不该再卷入别的事情？"

"博士姨夫，您打算早点结婚？"

"正有此意。等你姨妈挑选好日子，我们就办婚礼。等这件大事办妥了，我就可以心无旁骛地处理这些杂事。孩子，在这期间，你要是听到有人谈论此事，千万不要据理力争，相反，息事宁人即可。"

"明白，明白，我知道该怎么做，华林博士。您当务之急是操办好人生大事，其他事都暂时搁置一边。我理解您的心情。我说，结婚可是头等大事，先生。"

"没错！好了，现在我要带着我的候任新娘退场，私下商讨一些事情。不难想到，我们手头有太多事情要安排。"

"去吧，祝福你们，我的孩子们！"平克慈爱地冲着两人挥了挥手里的茶杯和三明治。他们走出房间，朝着博士的书房走去。

这是一幢大宅子，精美的前厅立着六根带凹槽的巨大圆柱。

新英格兰式的漂亮玄关通往一座宽敞的大厅。右边是会客厅，平时鲜少使用，左边的起居室使用频繁，因为那里更舒适些，此刻大伙儿就在那里喝茶吃点心。

在这两个房间和大厅的后面是十字厅，在起居室后部的那一端开了一扇通往外面的门，而在会客厅一端的窗口下面则有一个又宽又深的座位。

再往里走，穿过十字厅，起居室对面是餐厅，旁边与会客厅相对的房间便是博士的书房。这里是整幢房子的明珠。书房的地板下沉，显得天花板更加高挑，房间十分宽敞，比例协调。与十字厅相连的是一道双开门，门口是六七级向下的台阶，地板上铺设着地毯。

双开门对面是一座大壁炉，石雕饰架高悬在上方。饰架两侧都有窗口，不大但很高。白天的光线主要是从大门口右侧的大窗户里照进来的，这一侧还有一扇落地窗，也透进来不少光亮。

这间大屋里除了壁橱门和书柜门，只有两扇门，一扇是开在外门廊处的落地门窗，另一扇便是通往十字厅的双开门。

落地门窗对面的墙上开了一排四扇小窗，能够看到隔壁的餐厅，但由于窗口开得很高，所以站在下沉的书房地板上是看不到餐厅的。

整间屋子的用料都是切尔克斯胡桃木，完全符合学者住所的气质。

壁炉侧翼放置着两个面对面的长沙发，宽大的窗下座位上摆着几个靠垫。落地门窗上的窗帘与之相匹配，高大窗户上镶嵌着美轮美奂的彩色玻璃。

书房的正中央放着一张宽大的书桌，四面墙壁上满是书架，有嵌壁式，有轻便式。房间里还装饰有好几尊精美的半身像和几幅名画，营造出肃穆宁静的氛围，丝毫不显得俗艳花哨。

这间书房早已声名远扬，科林斯人一提到它都满是自豪。学生们把被叫进书房看作莫大的荣幸，而对教员们来说，再也没有比这儿更称心的开会场所。

一般的客人很少能进入书房，只有特殊的客人或者那些配得上古典气质的客人才会被延请至书房招待。佩顿太太和海伦没有资格进入，而贝茨太太早就表过态，出于尊重，她不会踏足华林博士的独有空间。

两人一路走到窗下座位前，华林一边为她摆放松软的靠垫，一边说："艾米丽，不要刻意回避这间屋子。只要我住在这儿，就不会让佩顿母女进来，而我的妻子则另当别论。"

"约翰，这间屋子令我敬畏，不过我会慢慢习惯的。无论如何我都会努力适应。我真的很感激你允许我进来。以后你要是想一个人待着，就直接发话让我出去。"

"亲爱的，有时候我说不定真会这么干的，我要一个人在这里待很长时间。你知道，校长这份差事对我来说可不轻松啊。"

"我知道，你是个恪尽职守的人，可是，话又说回来，你也别太认真。你不过是谋了份差事，是一所大学校长的人选而已，太卖力甚至过于勉强自己，反而会毁了自己的完美形象。"

"我的艾米丽，自己的形象谁都毁不了。老天赐给我天大的福分，既拥有学校给予的无上荣誉，又能同时拥有你！"

"约翰，你幸福吗？对一切都满意吗？"

华林深凹的蓝色眼睛紧紧地盯着她的脸庞。两鬓棕色的头发里夹杂着几根白发，岁月在他英俊的脸上并没有留下太多的痕迹，皮肤发出健康的光泽。

回答前有一刹那的犹豫，但他依旧给出了发自内心的诚恳答案："是的，我的爱人，万事如意。你呢？"

"你幸福，我就幸福。"她回答说，"可是，只要你心里有一丝阴影，我就开心不起来。约翰，有吗？告诉我，说真话。"

"你是指有人在蓄意找我麻烦吗？"

"不止这件事。我是说任何方面的。"

"麻烦？艾米丽！只求怀里能抱着你！没有，绝对没有！只要拥有你，麻烦就不会找到我！"

# 神秘女孩的到来

假设有个人在一个寒冷的冬夜，抵达新英格兰地区某个村庄的火车站，火车晚点，没人接站，也没有地方吃住，这种情形之下，不论是谁都能体会到孤立无援的滋味。

新英格兰的小型车站格局几乎一模一样，从火车涌下来的人群形色相当，而在站台上等候火车的接站者都带着相似的神情。然而，那天晚上抵达科林斯的一位乘客与搭乘同班晚点列车的其他人毫无相似之处。火车始发自纽约，准点到达科林斯的时间应该是四点四十分，但由于极端的严寒天气，途中遭遇多处凝冰现象，由此造成长时间延误，最终时间过了七点钟，火车才姗姗来迟。

又累又饿的乘客急不可耐地蜂拥出站，脚下踩着积雪，有的走向等候他们的车辆，有的走向不远处的家。

那个与众不同的旅客紧紧地握着手里的小皮箱，下了月台，跨过轨道，走进候车室。她走到售票窗口前，却发觉那里没有人。她焦躁地用脚拍打着老旧的木地板，依然没人来。

"售票员，"她高声大喊，用手指关节叩击着窗板，"售票员，有人在吗？"

"谁啊？想干什么？"随着一声粗鲁的吼叫，售票窗口后露出一个脑袋。

"我要找人帮忙！我单身一人，需要一个搬运工、一辆车，还需要打听点信息。"

"天哪，可不是嘛！我可没法给你找来搬运工，也找不到车，倒是可以提供点信息。"

"这样也行，"一双又大又黑的眼睛仿佛能看穿他的脑袋，"那就告诉我，在哪儿能找到科林斯最好的住宿？"

这时，售票员已经睡意全消，饶有兴趣地看着提问者。

眼前的这个姑娘还是个孩子，身材苗条，举止斯文。巴掌大的鹅蛋脸神情严肃，奇怪的是，她的眼睛不断地四下扫视，又猛然收回视线，这让那个漠然的售票员感到非常不安。

售票员不习惯接待小女孩，因为大学城里都是成群的时髦年轻姑娘、俊俏的女孩和活泼嬉闹的丫头们。每年六月份，到他这儿买票或者打听消息的女性加起来有成百上千，但没有一个像眼前的这位。

"最好的住宿？"他傻傻地重复了一遍。

"这么说，你听到我说的话了！你打算什么时候才回答我啊？"

他依然一言不发地盯着她看，脑子里在快速地翻查各种条件的寄宿公寓，最终他认为没有一处会获得女孩的认可。

"铁路公司明文规定，乘客提出的问题必须在当日得到答复。"女孩振振有词，让售票员下不来台。她拎起皮箱朝着门口走去，边走边想，随便问谁都会比这个笨蛋知道得多。

"等等……我说，小姐，稍等片刻。"

"我等得够久了。"她冷冷地说道，没有停下往外走的脚步。

"可是……哦，留步……不妨去老水手亚当斯家看看，没有比那儿更好的。"

"在哪？"她屈尊放下身段，停下脚步，他见状马上回答说："他本人就在外面，快点出去，还来得及叫住他！"

她立刻领会到意思，赶紧冲出门去，恰好看到一个留着长长白胡子的老人正跳上雪橇，把皮袍掖在身下。

"他跃上雪橇，向他的鹿队吹声哨……"她心里默诵着诗句，高声喊道："嗨，圣诞老人，能捎我一段路吗？"

"你预订过房间吗？"老人大声反问，见女孩摇摇头，便揽起缰绳。

"没预订过的就不能搭车喽，"他响亮地喊道，"驾！"

"等等，等一下！我命令你停下！"尖锐清脆的稚嫩声音刺破寒冷冬夜的空气，钻入老索顿斯托尔·亚当斯的耳中，他勒住了缰绳。

"呵呵呵呵，"他哈哈大笑，"你命令我，嗯？我活了五十年还没人敢命令过我。"

"得了吧，不用特意停下来发牢骚，"女孩扯着嗓子怒吼，"你看不到我又冷又饿、浑身狼狈吗？你开了一家寄宿公寓，而我需要一间房子住，好了，现在让我上去。听见没？"

"我听得真真的，不过小姐，我们只有那么多房间，现在都已经有人住或者预订出去了。"

"有的只是预订出去了，目前不是还没人住嘛！"黑漆漆的眼睛挑战般地直视着他，亚当斯含糊其词："这么说也没错。"

"很好，预订的住客一到我就走。让我上去。不用，小皮箱我自己拎，你去拿我的行李箱，给你，这是我的行李牌。或者你明天来帮我领取？"

"干吗等明天？现在就去拿……这样的话，你就得等一等。害怕一个人待在雪橇上？"

"我天不怕地不怕。"女孩不屑地答道。她坐在后座的中间，把皮袍裹在身上。

片刻工夫，老水手肩上扛着行李箱回转来，他把箱子放在前座自己座位的旁边，接着雪橇开动起来。

"不要和我说话，"马儿刚开始小跑，他就冲着姑娘大喊，"现在逆风，我听不见你说什么。"

"我可没心思聊天。"女孩说，但老人没听到。寒风呼啸，空中飘着细雪，风吹动着羽毛般的片片云朵。树木刚刚经历了一次冻雨，树干上覆盖着冰层，雪橇疾驰而过，树上的冰碴"咔嚓咔嚓"震落下来。女孩望着四周，开头还新鲜好奇不已，接着露出怯色，仿佛被眼前的一幕给吓到。

路程并不远，他们在一座大宅子前停下，窗户里映出温馨的灯光，女孩还没完全从雪橇上下来，宽阔的大门便应声敞开。

"天哪！"一个妇人惊声尖叫，"这不是乐蒂！你把谁给弄到这儿来了？"

"我也不知道，"老水手亚当斯实话实说，"老婆子，把她带进去，让她住一晚。"

"可是，乐蒂呢？她没来？"

"你不会自己看她来没来？你以为我是把她丢在火车站了？还是把

她扔在半道上了？没来。千真万确，她没来！"

老水手把雪橇赶到谷仓那边，亚当斯太太招呼女孩进去。

女房东跟在女孩身后，打她第一眼看见这位不速之客开始，就毫不掩饰地一直好奇地盯着看。

"我看你是想要个房间，"她主动开口搭话，"不过抱歉的是，我们没有一间空……"

"哦，那就住乐蒂的房间。你瞧，她没来，所以我今晚可以住她的房间。"

"乐蒂不肯的。"

"我肯。现在我在这里，而乐蒂不在。我们现在可以上楼去吗？"

拎起小皮箱，女孩后退一步，示意妇人前面带路。

"先别急……拜托。怎么称呼？"

女房东的语气变得严肃起来，女孩便不敢造次。

"我叫安妮塔·奥斯汀，"她冷冷地说，"我听说这里是科林斯最好的寄宿公寓，所以就来了。"

"你从哪儿来？"

"纽约。"

"地址？"

"广场酒店。"

这时那双异乎寻常的黑眼睛完成了使命。安妮塔·奥斯汀坚定的眼神似乎可以迫使世界上所有人听从她的吩咐。至少眼下亚当斯太太再没多问一句话，便接过皮箱把不速之客引到楼上。

她把女孩领到一间雅致的卧室，那本来是为乐蒂布置的。

"很好，"奥斯汀小姐镇定地说，"能送份晚餐上来吗？不用太多，我不想下楼用餐。"

"老天，晚饭早就结束了。要不来点茶、面包、黄油、果酱和蛋糕？"

"好的，谢谢，很不错。半小时后送上来吧。"

在客人面前，亚当斯太太表现得寡言顺从，然而一走出房间，刚摆脱掉那双眼睛的怪异魔咒，她不禁如释重负地感叹："老天爷啊！"

"天哪，真是难得一见！"老水手亚当斯吃着妻子为他准备的晚餐，听到刚才那一幕的描述之后不禁叫了起来。

"我看不透她，"亚当斯太太心事重重，"但我不喜欢她。我不会留她的。明天，你把她带到贝尔顿家去。"

"说得太对了。不过她模样还挺俊的，这一点没人可以否定。"

"也许吧，有些人会这么觉得。我不觉得。再说，乐蒂明天就来了，所以那个女孩必须得离开。"

与此同时，"那个女孩"正急切地从窗口偷偷往外张望。

她努力辨认哪些是大学建筑物的灯光，但是由于空中仍然飘着细小的雪花，她只能看到几盏灯光，徒然张望了一会儿，只得放弃。她刚把脑袋从窗外缩回，就传来一记叩门声，晚餐来了。

"谢谢，"她对送餐的女仆表示感谢，"请放在那个架子上。看上去很可口。"

在接下来的半小时内，安妮塔·奥斯汀小姐身着暖和的睡袍和拖鞋，舒舒服服地坐在安乐椅里享用着简单却可口的晚饭。

吃完饭她写了几封信。其实没写几封，但当她封上最后一个信封，写上最后一个地址时，午夜的钟声敲响了。

该上床睡觉了，这时，她再次向窗外张望，良久凝视着黑夜。

"科林斯，"她喃喃自语，"哦，科林斯，你能带给我什么？幸运还是不幸？我能给别人带来什么？幸运还是不幸？哦，正义，正义，有多少罪恶是以你的名义犯下！"

第二天早饭时间，安妮塔出现在餐厅里。

亚当斯太太锐利的目光上下打量着她，当看见这个新房客身上短得不能再短的裙子和纤细美腿上的丝袜时，不禁流露出不满的神色。

同样，安妮塔那双漆黑的眼睛也在敏锐地上下打量着房东太太，看见她身着乡下款式的格子裙和松松垮垮的白色围裙时，似乎也难以接受。

亚当斯太太压根就不愚钝，即刻捕捉到了这个信息，于是说话的语气比她预先打算采用的稍微客气了些。

"安妮塔小姐，请坐到这儿来！"她指了指自己身边的空位。

"不了，谢谢，我和朋友坐一起。"女孩说完便闪身坐在索顿斯托尔·亚当斯旁的空椅子上。

老水手偷偷瞄了一眼妻子，见她吃惊的样子，不禁暗自偷笑。

"这是泰勒先生的位子，"他对篡位者说，"希望他能破个例，允许你坐一次。"

"我的意思是以后一直坐这个位子。"安妮塔郑重其事地冲着房东点点头。

"只有这顿饭可以一直坐那里，"亚当斯太太干脆利落地说，"抱歉，奥斯汀小姐，你不能住在这里，我这儿没有多余的空房间。"

这时，有人走进餐厅，这给了安妮塔与亚当斯先生说悄悄话的机会，她说："等乐蒂来了再让我走，行不行？我猜在这个房子里，你能做主。"

事实上，任何其他的词语都能用来形容这个男人，唯独除了"能做主"。然而这个说法却反而刺激了他，于是他轻笑一声说："当然我做主！你就住下来，住多久都行。"

"那，我们算是朋友了？"弯弯的长睫毛下投来恳求的眼波，索顿斯托尔·亚当斯彻底被征服。

"生死之交！"他用夸张的语气小声说道。

安妮塔打了一个寒战，叫出声来："先生，怎么能这么形容？我还想长命百岁呢！"

老水手平静地反问道："看来没错了，你是个古怪丫头，是不是？"

"虽然这么说不太好听，不过我觉得自己确实有点乖僻。"那张怪异的小脸上掠过一丝桀骜不驯的神色。

在表情平静的时候，那张鹅蛋脸静谧、端庄，可当女孩在微笑、说话或者生气的时候，呈现出的容貌各不相同，笑容使得面色柔和，而蔑视则让脸部肌肉僵硬冷漠。

所以，蔑视的神情一目了然，正如片刻之后，亚当斯把另一个寄宿学生罗伯特·泰勒介绍给奥斯汀小姐时的情形。

起初她看他的眼神并没有什么异样，后来，当他在女孩身边落座并对她说："很荣幸把位子让给一个美人儿坐。"话音刚落，她射过来闪电般的目光，就像他本人后来所描述的：把他从地球上给抹了去。

即使在她心情大好的时候，他也无法讨她的欢心。他要尽了百宝，忏悔思过、强词夺理、解闷逗乐、故意冷淡，这些手段通通不管用，引不起她的注意，更不用说兴趣了。对他的提问，她给出的回答淡然、简洁到失礼的地步，令他难堪不已，不知道自己是该俯首称臣，还是一把扭断她的脖子。

老水手亚当斯把这一切都看在眼里，他先是觉得好玩，后来有些好奇，再后来又有些困惑。这个人是谁？如此年轻，几乎还是个小丫头，居然具备了一个成年女性的老练和阅历。她究竟是谁？为什么要来这里？

其他的寄宿者陆续来到餐厅，离安妮塔位子最近的几个都相互介绍认识了，大多数都把她看作是个漂亮的新房客。她礼数周到，落落大方。而亚当斯经过暗中观察，觉得自己仿佛是在观测一座休眠火山。

早餐用毕，他把女孩暂留在饭厅里。

"奥斯汀小姐，你为什么要来此地？"他客气地问道，"你来科林斯是办什么差事呢？"

"我是个画家，"她说，神秘的眼睛目不转睛地盯着他，"或者应该说是个美术生。我听说这里的冬天景色很美，是极好的素材，我就想过来画些素描。亚当斯先生，拜托了，既然乐蒂不会来了，就让我待下去吧。"

她眼中突然闪现的光让老人遽然一惊，连忙问道："你怎么知道她不会来了？"

这个问题也让安妮塔一惊，但她微微一笑说："我吃早饭的时候，看到亚当斯太太收到一封电报，然后她就意味深长地看着我，于是……我就知道电报上写的是乐蒂来不了了。"

"巫婆！怪人！我要是把你带到塞勒姆，他们肯定会烧死你！"

"那我就骑着一把扫帚，看看他们会不会烧死我。"她笑着说。

这时，复仇女神走了过来，正是房东太太。

"奥斯汀小姐，非常抱歉。"她刚开口，女孩便打断了她。

"拜托了，亚当斯太太，"她言辞恳切，"不要说任何让我伤心的话！现在你想说没有空房间给我，可这不是事实。所以，你不知道怎么说才能摆脱我。可是，你为什么想要赶我走呢？"

艾瑟儿·亚当斯瞅了女孩一眼，而这一眼让她的计划失败了。

可怜巴巴的小脸，情深意切的眼神，伤感噘起的嘴巴，都让房东太太难以招架，于是她违背了自己的心意，也丧失了判断力，说："好吧，住下吧，可怜的小东西。但你得再介绍些自己的情况，我对你一无所知。"

"我自己都不了解自己，"怪女孩回答说，"我们有谁知道自己到底是谁？我们生活在这个世界，人与人之间都是陌生人，不是吗？同样，自己也是陌生人。"她的眼睛似乎在眺望着神秘的远方。"等我搞清楚自己究竟是谁时，我一定会告诉你的。"

话音刚落，她的脸庞上绽放出灿烂的笑容，伴随着银铃般的笑声，人消失不见了。

亚当斯夫妇听着她跑上楼进了房间，两人面面相觑。

"傻丫头，"亚当斯太太说，"可怜的孩子，有点神经兮兮的。我肯定她是离家出走，或者从她的监护人那里逃出来的。我们很快就能知道真相，会有人来找她的。"

"难说，"丈夫将信将疑，"我不是这么看她的，她一点都不傻，那个丫头。你是没看到她是怎么报复鲍勃·泰勒的！"

"她说什么了？"

"她说的话并不伤人，关键是她看泰勒的眼神！他恨不得钻到地洞里去。既然她声称自己是个画风景的画家，就让她住几天吧，我也趁机把她看看透。"

"你把她看透！"妻子调侃道，"她只消冲你嫣然一笑，或者一句甜言蜜语，你立马把她看成仙女下凡！我怀疑她根本就是个妖精！"

与此同时，房东夫妇谈论的主人公正在换衣服准备出门。套上雨靴，裹上毛皮大衣，她装备齐整之后，出门勘察科林斯小镇。她头顶的毛皮帽子样式时髦，上面插着一根长长的红色羽毛，活脱脱一副小精灵或者小矮人的模样，煞是招摇，在一大半亚当斯家寄宿者的注视下，她开始了在街道冰面上的勇者之旅。

看得出来她没有明确的目标，每到一个转弯处，她便左右环顾，凭直觉选择方向。雪在夜里便停了，而气温却非常低，空气中晶莹的霜粒使她鹅蛋形的脸颊红彤彤、亮晶晶的。

她在一座桥前停了下来，身子探出细细的栏杆，向下面的封冻河谷张望。

长时间的驻足惹得过往路人开始盯着她看。她对此一无所知，完全沉浸在自己的思绪之中，对周边的状况毫不知情。

平克尼·佩恩经过这里看到了她，若让他自己描述，他会说"一见钟情"。

"小妹妹，不要这样！"他在女孩身边停下，"别在这个伟大的日子结束自己年轻的生命！自杀充其量只会带来更多的麻烦。听我的，快停下！"

她转过身，刚想用比冰天雪地还要冰冷的眼神看向他，然而他那率真顽皮的微笑让她放下了戒备。

"大一新生？"她俨然一副居高临下的口气，而平克尼并没有感到难为情。

"没错，平克尼·佩恩，或许你想认识我。通常别人叫我平克。"

"名副其实，"她看了看他的红脸颊，"既然你已经做了自我介绍，那就再介绍一下这里的建筑吧。那是什么房子？"

"宿舍。那边是教堂。"平克指点着说。

"可不是嘛！那边那个带柱廊的漂亮房子是……"

"那是华林博士的家。他是下一任校长。"

"那里呢？那里呢？"

他一一加以作答，目光始终无法从那张迷人的脸上挪开。

"你从哪儿来呀？"平克突然发问，"你住哪儿？"

"亚当斯太太那儿，"她说，"那里好吗？"

"城里最好的。一房难求。总是客满。你是她的亲戚？"

"不是，房客而已。我碰巧得到了一间空房，原本被人预订，但那人失了约。"

"真走运。见到鲍勃·泰勒了？"

"见过。"

"你讨厌他！我看出来了。见过戈登·洛克伍德了吗？"

"还没。他是谁？"

"华林博士的秘书，他本人也是个有头脑、有见地的人。我说，我可以过去找你吗？"

"不了，谢谢。我现在不见访客……目前不见。"

"好吧，你很快就会见客的，因为我还是会去找你。我姨妈就住在亚当斯家隔壁，我能带她一起去拜访你吗？"

"暂时别来，拜托了。我还没安置妥当。"

"好吧，等你同意了，我们第一时间来拜访。我姨妈是贝茨太太，人见人爱。她很快就要嫁给华林博士，你瞧，我们都是好人家。"

"世上没有什么好人家。"女孩转身离去。

# 十三粒纽扣

　　显而易见，奥斯汀小姐出于己见认为这世上没有好人，她在亚当斯寄宿公寓里没有结交一个朋友。这并不是其他寄宿者们的过错，其实他们很乐意与她交朋友，但众人的主动示好纷纷遭到了冷遇。

　　奥斯汀小姐的举止并不恶劣，她毕竟是个知书达理的人，但正如一个女宿管在锲而不舍地尝试了几次之后所说："再怎么努力，都打动不了她。"

　　吃饭的时候她不与任何人主动交流，只会在被问及时给出直截了当的回应。她一直坐在老水手旁边，仿佛仰仗他来庇护自己，避免别人主动找她说话。其实她根本无须保护，因为安妮塔·奥斯汀小姐完全有能力照顾好自己。

可她太神秘了，神秘的人往往激起大家的好奇窥探。

这所房子不大，里面住着四十个房客，尽管他们不肯承认窥探心的污名，但事实上他们对她产生了极大的兴趣，并开始称呼她为神秘小姐。

谁都不比亚当斯太太更急于打探到消息，然而老水手亚当斯一反常态，这次态度坚决地表示不应烦扰女孩。

"我不知道她是谁，从哪儿来，"他对妻子说，"只要她还住在这里，就不应该被那些老妇人嚼舌根。她要是做了什么惹你不高兴的事，那就把她赶走。否则的话，只要她待在我的家里一天，就一天不许别人烦扰她。"

确实没人烦扰她，与其说是因为亚当斯的有言在先，还不如说是因为那些烦扰根本"烦"不到她。

一旦有人向她打探，她便直勾勾地盯着对方，令其毛骨悚然，在给出单音节的回答之后，便转身径直离开，视对方如空气。

巴斯科姆小姐愤愤不平地讲述自己的遭遇："真是莫名其妙！我就很客气地问她：'奥斯汀小姐，你是从纽约来还是其他什么地方？'她冲我瞪着大大的黑眼睛说：'其他。'然后就转身看着窗外，完全当我不存在！"

"她年纪太小，太不懂事。"韦尔比太太说出自己的看法。

"哦，她可不是少不更事，"巴斯科姆小姐反驳道，"她那么老练，和年龄不相称啊。"

"你怎么知道她老练？从哪儿看出来的？"

巴斯科姆小姐吞吞吐吐："怎么说呢？她有点……有点久经世故，从容貌就能看出来。大家在饭桌上聊天的时候，她虽然不说话，但她的神情分明在说她都知晓。我的意思是大家普遍感兴趣的事，而不是局部性的事务。"

"我知道，她是个聪明姑娘，但不能因为聪明就认为她的年龄大。我看她还不到二十岁。"

"哦，有二十了！哎呀，她有二十五或者二十七了！"

"绝不可能！我要去问问她。"

"问她？"巴斯科姆小姐哈哈大笑，"你肯定会碰一鼻子灰。"

这个预言反而起到了怂恿韦尔比太太的作用，她一抓到机会便履行自己的诺言。

在大厅里两人相遇，女孩正要出门，韦尔比太太满脸堆笑地把她留住。

"亲爱的，干吗总是格格不入的呀？"她用开玩笑的口吻说道，"你也不给我们一个机会来款待你。"

由于韦尔比太太堵在安妮塔和大门之间，她只好站住。她用审视的眼光上下打量着比自己年长的女人，态度虽然礼貌，却相当冷漠。

"没有吗？"她语调上扬，表示好奇，也意味着这场偶遇到此为止。

韦尔比太太不是那么轻易就被挫败的。

"没有，"她笑嘻嘻地说，"我们想多了解你一些。你又年轻又漂亮，大伙儿都喜欢你。好孩子，你多大了？"

"只有一百岁。"奥斯汀小姐的黑眼睛如此凝重，仿佛里面承载了丰厚的智慧和经验，韦尔比太太吓得几乎跳起来。

受到惊吓的她一时不知该如何回应，呆呆地任由女孩从她身边经过推门而出之后，这才缓过神来。

"太古怪了，"韦尔比太太描述这场遭遇时断言，"千真万确，她答话的时候，看上去就有一百岁的样子！"

"一百岁！什么意思啊？"

"就是这个意思。她的眼睛里面好像装着世界上所有的知识，是的……还有邪恶……"

"邪恶！老天啊！"巴斯科姆小姐含着这个想法就仿佛在舌头下含着一小口甜品。

"哦，我不是说那个女孩有什么不对劲的地方……"

"哎哟！她的眼睛里是有一些邪恶的东西，我敢肯定，有什么地方不对劲！"

同样的一幕在亚当斯公寓里的房客中一次又一次重演着，随着不断夸大其词和添油加醋，已经演变成对神秘小姐的提讯，并把她标记为可疑人物，但还不是危险人物。

奥斯汀小姐入住公寓还不到一个星期，她已经按自己的设想确定了身份形象。

举止得体，礼貌大方，但沉默寡言，能不开口就不开口。她似乎在宣告："我不会和大家交谈。如果这样就算作是神秘的话，那就不妨充分利用这一点吧。"

显然，老水手支持她的想法，让她坐在自己身边用餐，而且不和她说一句话。

不仅如此，他还时常替女孩回答问题，他的做法为自己赢得要么一个白眼，要么一丝赞赏的笑意。

但这一切都是表面上的。私下里，亚当斯夫妇推断，奥斯汀小姐更神秘之处不在于她的独来独往。他俩断定，她在从事某个重要的事务，每个大晴天她出门去画冬景素描不过是个幌子而已。

亚当斯太太很反感这一点，她一再催促丈夫把女孩打发走，老水手却表示反对。

"她又没干什么伤天害理的事，"他说，"她是个神秘人，但不是个坏人，这一点我能看得出来。老婆子，别管她了，有我盯着呢。"

"我两只眼睛都在盯着她，我看到的比你多多了。索特，你说，那个丫头怎么不大睡觉啊？她整宿整宿地不睡觉，就看着窗外，望着大学的房子……"

"你怎么知道的？"

"我趴门上听到的，"亚当斯太太直言不讳，"我想搞明白她究竟在干什么。"

"你看不到她啊。"

"看不到，但我能听到她焦躁地走来走去，窗子一会儿开一会儿关，巴斯科姆小姐的房间就在侧翼拐角，她说她看见女孩几乎每天深夜都在看着窗外。"

"巴斯科姆小姐真是个多事的老处女，我得先把她赶出房子，然后再赶走那个小姑娘。"

"你早就该赶她走了！你中了那个丫头的圈套，她在利用你……"

"得了吧，艾瑟儿，那个孩子没有利用我！我倒是希望被她利用。我倒是喜欢这个姑娘。"

"可不是嘛！她长得漂亮，像个吉卜赛的女巫。真不明白男人为什么喜欢黑色的大眼睛和蜡黄灰暗的脸！"

"不是蜡黄灰暗，"老水手若有所思地说，"确切地说是浅褐色，不是灰黄色。"

"你啊！你啊！"亚当斯太太直嚷嚷。这句含义模糊的感叹结束了这场对话。

约翰·华林的秘书戈登·洛克伍德也寄宿在亚当斯公寓里。他午餐和晚餐都不在这里吃，而早餐也吃得很早，所以到目前为止，他还未曾见过安妮塔·奥斯汀。

一个星期六的早晨，他碰巧起床晚了，于是两人同时出现在餐桌上。

一向擅于读取心术的洛克伍德一见到女孩，便立马对她产生了兴趣，他深知，若想引起女孩的关注，他势必不能表现得过于急切或者殷勤。

他随口聊了些日常的话题，直到快用完早餐，他才说道："奥斯汀小姐，有什么可以为你效劳的吗？你要是想听学校的讲座，我可以替你安排。"

"谁来做演讲？"

她的眼睛正视着他，戈登·洛克伍德对这双深邃的美目惊叹不已。

他回答说："今晚华林博士将做一场关于埃及考古方面的报告。有兴趣吗？"

"很有兴趣，"她说，"我想去听。"

"那就去吧。用这张票即可。"

他从口袋里掏出一张票券，在上面草草写了一行字后递给她，然后再无交流，默默吃完饭便鞠躬离席。

奥斯汀小姐的表情破天荒地耐人寻味。

她上楼回到自己的房间，手里攥着入场券。女孩没有留意到女仆正在清扫房间，径直"扑通"一声坐到一把宽大的椅子里，盯着入场券琢磨。

"埃及神庙，"她喃喃自语，"约翰·华林博士。"

女仆听见她念念有词，不由得饶有兴趣地看着她，而奥斯汀小姐对此竟毫无察觉。

当她最终发觉女仆停下手中的活好奇地看着自己时，吩咐道："诺拉，干你的活，别管我。我俩互不相干。对了，劳驾帮我拿一份科林斯报纸过来。这里有当地报纸的，对吗？"

"是的，小姐。每个礼拜有两期报纸。"

诺拉出了房间，返回时拿了一份报纸。

"亚当斯先生说你可以留着这份报纸。这是最新一期的。"

女孩接过报纸，翻动着查找学校布告栏。上面登着"埃及讲座"，旁边一栏里附有华林博士的简介及照片。

女孩良久注视着照片，女仆清扫完房间离开时注意到，她仍在端详着科林斯大学候任校长的清俊面庞。

过了一会儿，她找出一把剪刀，把照片和简介裁了下来。

她把剪报放在一个文件夹里，然后锁在行李箱里，而照片则搁在梳妆台上。

那天晚上，她去听了讲座。一个人去的，因为戈登·洛克伍德没有再次露面，这样旁人并不知晓她会去听讲座。

"能给我一把钥匙吗？那时候你是不是还没睡？"她出门的时候对亚当斯太太说。

"哦，我们都没睡哪。"一双精明的圆眼慈爱地看着她，"能搞到一张入场券，你运气可真好。华林博士的讲座向来都是满座。"

"晚安。"奥斯汀小姐说罢走人。

她入场的时候报告厅里人还未到齐，而她的入场券座位靠近前排。

落座之后，她陷入了沉思之中，至少坐在那里一动不动，显然是在若有所思。

戈登·洛克伍德早就到了现场，见她入场、坐下之后，才无声无息地站起身，穿过大厅，径直坐在她身后的座位上。

这一切她都一无所知，而人性研究者全身心地投入对这个不速之客的观察审视之中。

他看到小巧的脑袋上盘着如云黑发，上面戴着一顶褐色丝绒头巾帽，一个弯曲鸵鸟样式的装饰翘然立于一侧耳翼。

两只耳朵都没有露出来，奥斯汀小姐打扮时髦，光彩照人。

大衣脱下后放在她的大腿上。褐色的连衣裙羊毛质地，手感柔软，装饰有许多小纽扣。后背从肩膀到腰部钉着两排纽扣做点缀，水手领的边缘也同样钉着纽扣。

洛克伍德断定那些或许不是纽扣，而是珠子。他坐在后面无所事事，便数起那些珠子来。

他暗暗希望女孩能微微转过头，可她坐在那儿纹丝不动，几乎达到了人类的最大极限。

女孩的定力让他难以置信，不禁迫不及待地希望讲座早点开场，这样他就可以留意她的兴趣所在。

终于，华林博士登上讲台，全场掌声雷动。当洛克伍德观察到奥斯汀小姐的举止时，不禁大惊失色。

仿佛如梦初醒，她跟着众人一起鼓起掌来。他敢说那个女孩在颤抖，这实在太不可思议了。总之，她显得有些激动，在极力控制自己的情绪。她并没有引起旁人的注意，要不是一直在仔细观察，洛克伍德也不会留意到。

奥斯汀小姐的目光从头到尾都没有离开过演讲者的脸，洛克伍德很诧异，华林本人居然没有发现她的异样。

华林镇定自若，平和的目光扫视着观众席，没有在任何一张脸上特地逗留过，由此洛克伍德推断，华林没有认出那个女孩。

"神秘女郎！"戈登·洛克伍德暗自揣测，"你是谁？究竟是什么样的人？也许身上具有多重人格，既具备超自然能力，又满脑子充满了奇思妙想。你以为跑到这里故弄玄虚很有趣，可惜你还太小太单纯……我还吃不准你到底是不是单纯……你不会得逞的。还有，我判断你的年龄和样貌相当。你长得相当漂亮，应该说是天生丽质。你的容颜不仅展示出美貌，还有更多的深意。我从未见过如此丰富的神情。你要么城府深厚，要么徒有其表。"

华林博士的演讲洛克伍德一个字都没听进去，况且他也不想听，因为是他帮着起草了演讲稿，对稿子内容几乎烂熟于心。这个神秘女郎着实把他迷住了，他暗下决心一定要查出她的底细。

当然，有人曾告知他，别的寄宿者们是如何在她那里碰了钉子，但这些人的失败对他而言算不上是障碍，因为他对自己的个人魅力和计策步骤都信心满满。

平克·佩恩也告诉过他两人桥上的偶遇。平克口中的那个女孩宛若天仙，早已引起了洛克伍德的兴趣，此刻他正对这个美丽尤物做全方面的研究。

他再次无所事事地数起纽扣来。领子上有十三粒。但他不确定后背上那两行有多少粒，因为座位靠背遮挡了视线。

"十三，不吉利的数字，"他暗自发笑，"可怜的孩子看上去不太走运的样子。双眸含着悲戚，里面肯定有故事。但又不仅仅是悲伤，还带有一丝残酷，预示着孤注一掷的决心。"

想到这，洛克伍德不禁自嘲起来。这个女孩和他说了总共还不到半打的话，他居然就开始为她虚构传奇故事！可是他心里明白，自己想得没错。他在安妮塔·奥斯汀脸上读取到的信息都是准确无误的。他通晓面相术，迄今为止，在他所看的面相中，鲜少失误。

演讲一结束，奥斯汀小姐一刻没有耽搁，直接回去了。

洛克伍德很想送女孩回去，但他必须得留下来听从华林博士的安排，万一有什么差事需要他去做。

结果什么事都没有，与雇主简短交谈几句之后，戈登·洛克伍德也回了公寓。

回到亚当斯公寓，他轻手轻脚地上楼去自己的房间，中途经过一扇门，他知道那是奥斯汀小姐的房间。他觉得自己仿佛听到从紧闭的房门之后传来一声压抑的呜咽，于是他本能地停下脚步，侧耳倾听。

是的，他没听错。又传来一声抽泣，但很快被抑制了下去，毫无疑问，女孩在哭泣。

在那个瞬间，洛克伍德想下楼让亚当斯太太上来去敲女孩的房门。

但他一转念又意识到，这事儿自己不该插手。如果那个女孩伤心难过，或者因为什么原因而哭泣，还轮不到他去叫人来干预处理。于是他回到自己的房间，独坐良久，琢磨着这栋房子里的那个奇怪姑娘。

他回想起在讲座上她全神贯注、目不转睛地盯着演讲者，表现出明显的兴趣。他回想起她容貌上的每一个细节：丝绒头巾小帽下乌黑的秀发，连身裙后背上滑稽的纽扣。

"戈登，老家伙，别操心了。"他最终不再纠结，释怀了。还是由她去吧。她就是个魅惑邪媚的海妖，而你对她一无所知，更没有理由去打探她的来由。

正在此时，从大厅传来声响，音量不高，但听上去情绪激动、怒气冲冲。

"她把它给扔了！"正是奥斯汀小姐的声音，"我跟你说，她把它给扔了！"

"算了，算了，"亚当斯太太在息事宁人，"她扔了也没什么大不了的，不就是个报纸碎片嘛！她是觉得这张纸头派不上什么用场。"

"可是对我有用！诺拉没有权利扔任何东西！她就不该碰它，剪报放在梳妆台上，靠着镜框。她为什么要去碰它？"

"今晚先别追究了，等明天我们再去问问她。她已经上床睡觉了。"

"可我担心她已经把纸头彻底弄毁了！"

"这倒是有可能。消消气。究竟是什么报纸呀？"

"《科林斯报》。"

"最新一期的？"

"我不知道。就是她今天下午拿给我的那一期。"

"这样吧，如果她已经扔了，你就再去弄一份来。上面有什么内容你这么想知道？"

"呃……也没什么特别的。"

"肯定有，"亚当斯太太的好奇心骤然升起，"快点告诉我，究竟是什么？"

"好吧，就是华林博士的照片，今晚做讲座的那个人。"

"天哪！大惊小怪的！哎呀，到处都能得到他的照片。"

"可我现在就想要。"

稚嫩的声音里充满着倔强。奥斯汀小姐或许在无意识中抬高了音调，她本不想被别人听到，但洛克伍德还是听到了大部分的谈话内容，于是他打开房门，说："要不要我给你一张照片？奥斯汀小姐，你介意用这一张吗？"

女孩看着他，脸色苍白，怒容满面。

"你竟然做出这样的事！"她大叫，"你竟敢偷听别人的谈话？不要和我说话！"

她将娇小玲珑的身体往前一靠，犹如一个愤怒的小精灵在挑衅一个巨人。洛克伍德身材高大，赫然屹立在神秘女郎的小巧身姿前。

他一点没生气，反而微笑着说："别动怒。我不想伤害你。你想要一张华林博士的照片，而我手头刚好有几张。你瞧，我毕竟是他的秘书嘛！"

"哦，真的？他的私人秘书？"

"是真的，是他的机要秘书。当然，他还有其他几个心腹。他是个公众人物，个人生活情况是众人皆知的。"

"可不是嘛！"女孩恢复了常态，也恢复了冷嘲热讽的能力，"人人都知道？"

"人人都知道。"洛克伍德口头上在附和，其实心里在思忖着眼前的这个姑娘。

同样，他也如同中了女孩奇异个性的魔咒。他眼神痴迷，眼睁睁地看着她急切地上前拿过照片，可以说是一把抢了过去。

亚当斯太太用肥厚的手遮挡着哈欠。

"孩子，你拿到照片，现在可以去睡觉了。"她带着母亲般慈爱的笑容说，"我进房间帮你解开衣扣，好不好？"

安妮塔乖乖地跟在亚当斯太太身后，转身进了房间，并没有和洛克伍德道晚安。热心肠太太不是无缘无故主动提出帮忙，她的意图是趁机打探出奥斯汀小姐为何如此迫切地想要得到照片，但她未能如愿。能帮的都帮着做完了之后，房东太太悻悻地发现自己被礼貌而坚决地打发掉了。

出了房间之后，亚当斯太太转身又推开了房门。神秘小姐对闯入者毫无察觉，因为她那时正在动情地一遍又一遍亲吻着照片。

# 打碎的茶杯

"我会通报她你来了，但我不敢保证她愿意见你。"

亚当斯太太手握着门把手站着，眼睛迟疑地看着贝茨太太和她的外甥。

"为什么呀？"贝茨太太颇为吃惊地问，平克也追问："为什么呀，亚当斯太太？"

"她性子古怪着哩。"她退回到屋内，关上门，小声说道，"贝茨太太，她就是那副样子，怪里怪气的。我是看不透她。她在这里住了有一个多星期，依我看她是一天比一天古怪。不和任何人交往，吃饭的时候不开口说话，下午或者晚上也从不下楼和大伙儿坐着聊聊天，只是独来独往。你瞧，一个女孩儿年纪轻轻的，言行举止却这么不正常。"

"她多大了？"

"谁知道！看上去约莫十九、二十岁的光景，可是她做事随心所欲、毫无顾忌的样子，又像是四十岁的人。可一转眼到了亚当斯先生面前，她撒娇发嗲，像个孩子。我一点都看不透她。住在这里的人都对她好奇得要死，所以我总是护着她。他们就喜欢打探人，我不让他们去烦她。"

"这么说，你喜欢她咯？"

"情不自禁地会喜欢她，虽然她总是惹人生气。问她个问题，她就瞪你一眼，然后一走了之。也不能说很粗鲁，反正就好像你根本不存在！好吧，我还是去通报她一下你们来了。"

在平克尼·佩恩的再三恳求之下，他的姨妈才勉强同意过来拜访，毕竟周日下午素来被科林斯人看作是该待在家里的日子。两人预先没有打招呼，便登门亚当斯公寓拜访奥斯汀小姐。

楼上，亚当斯太太轻叩女孩的房门。

门缓缓打开，一副很不情愿被打开的样子，安妮塔向外探视。

"奥斯汀小姐，有人来看你。"房东太太语气轻快地说。

"看我？我谁也不认识。"

"哦，你快下楼去。是贝茨太太和她的外甥，平克尼·佩恩。他们是我们这里最好的人家……"

"你为什么会认为我想见你们这里最好的人家?"

"我不是说你想见,而是他们想见你。况且……哎呀呀……不妨合群一点嘛!又没什么坏处。"

"请转告贝茨太太,我目前还没有结交新朋友的意愿,请原谅,我不见客。"

"可是你知道她是谁吗?她就是那位即将嫁给新校长华林博士的女士。平克尼·佩恩是她的外甥,也是个相当不错的小伙子。"

亚当斯太太认为自己捕捉到一丝情绪的波动从女孩的脸上掠过,于是她乘胜追击。

"对了,他可是个难得的好小伙儿,依我看,和你的年龄正相当。"

"我这就下去。"奥斯汀小姐果断地说,亚当斯太太心满意足,狡黠一笑。

"是提到平克才说动了她,"亚当斯太太暗自思忖,"年轻人就是年轻人,天底下一个样。"

带着得意的神色,亚当斯太太将安妮塔领入小会客厅。

"贝茨太太,"她说,"佩恩,这是奥斯汀小姐。"

说完,她退出了房间,因为艾瑟儿·亚当斯深谙作为寄宿公寓房东太太应守的规矩。

"贝茨太太？"安妮塔边问候边趋前握住对方的手。

"是的，奥斯汀小姐，很高兴认识你。"

当艾米丽·贝茨看向女孩的眼睛时，话音戛然而落，女孩眸子里如此深厚的悲伤，如此确切的悲情和恐惧。这都意味着什么呀？显然，这是个非同一般的女孩。

"我们从未见过面，是不是？"女孩专注地凝视着对方，这在初次会面场合显得很不得体，使得贝茨太太禁不住脱口而出。

"未曾谋面，"安妮塔回答道，同时沉着而缓慢地恢复了常态，"我记得没有见过。"

"我们俩见过面，"平克急不可待地插嘴说，"我说，奥斯汀小姐，拜托赏个脸，这里除了有我大名鼎鼎的姨妈，还有我本人！你还记得那个早晨我在桥上遇到你，而你正打算要翻过栏杆？"

"哦，不是的，我没打算翻下去。"开心的微笑点亮了那张暗沉的小脸。双唇呈现出猩红色，显然那是自然的红色，朱唇轻启，露出一口平整的贝齿，微笑将奥斯汀小姐化作一个真正的美人儿。

不料，笑容转瞬即逝，平克·佩恩于是绞尽脑汁想要重新搏美人一笑。

"你当然不会翻过去，"贝茨太太附和道，"别理他，傻里傻气的。"

"就算我傻，我也是个好小伙儿。"平克为自己辩解，然而奥斯汀小姐心思并不在他身上，只是一味地盯着艾米丽·贝茨看。

"我们猜想，或许你会乐意跟我们一起去华林博士家里喝杯茶，"有一句没一句地闲聊了片刻之后，贝茨太太说，"我保证你会在那儿玩得开心的。想不想去？"

"华林博士家里？"安妮塔低声郑重其事地重复了一遍，仿佛这个想法具有异乎寻常的重大意义。

"是的。我可以带你去，你瞧，博士是我的未婚夫……下个月我们就要结婚了。"

"不！"女孩尖声大叫，把贝茨太太吓了一跳。

"确实如此，"平克连忙说道，他急切地想掩饰这个女孩表现出的古怪，因为他对女孩越来越着迷了，"他们俩是一对幸福的鸳鸯。去吧，奥斯汀小姐，我们一起去吧。从书房窗口看出去的景色绝对值得走几里路。你是个画家，不是吗？"

"我画些素描。"女孩的回答很简短。

"那就对了，如果你可以在这个地球上找到比华林家书房窗外更美的素描景色，我就买下来给你！快点上楼去拿上你的帽子。"

他欢快的性情极具感染力，安妮塔又被逗笑，于是上楼去拿帽子和大衣。

路途并不遥远，当一行人走进华林的房子时发现，已经有一群人正在舒适的客厅里享用下午茶呢。

华林博士不在场，佩顿太太在斟茶，而海伦和罗伯特·泰勒将茶端上来。能干的伊藤一向是在周日下午休息，他的副手野路也是个日本人，虽然态度勤恳好学，但由于疏于锻炼，失误频频。野路是个新人，尽管老伊藤有心指导他，佩顿太太却并不看好。当然，她心里打着小算盘，既然华林的家务事很快将不再费她操心，她打定主意，只要自己在任一天，就不去找野路的碴。

佩顿太太对即将发生的变故满心怨恨。

她以前把约翰·华林视为铁杆的单身汉，从未预想过他有朝一日会结婚成家。她声称，现在华林打算结婚只是出于大学校长身份的考虑，毕竟校长太太是家里的必需品，有总比没有强。

女儿海伦对此持不同意见。她认为华林博士在有意成为大学校长之前，便钟情于贝茨太太了。

可现在这都不重要。婚礼一天天迫近，而佩顿太太已经被告知，这个家将不再需要她的效劳。

对她而言，这是个沉重打击，她终日郁郁寡欢，同时，对艾米丽·贝茨，她还怀有一点点恨意，甚至恶意。

管家太太带着生硬的笑容迎接奥斯汀小姐，之后便完全没有理会她了。

见到新来的客人，海伦满怀好奇，一心想要了解她更多的情况。

海伦·佩顿先前从她的朋友和仰慕者罗伯特·泰勒那里曾听说过这个神秘女孩，当然，泰勒隐瞒了自己不止一次受冷遇的事实。

现场还有一两位其他客人，被通报贝茨太太到访之后，华林博士与秘书从书房里出来，和大家一起用茶。

约翰·华林微笑致意自己的未婚妻，接下来，贝茨太太转向她带来的女孩。

"奥斯汀小姐，"她说，"请允许我介绍华林博士。这是安妮塔·奥斯汀小姐。"

就在贝茨太太介绍的这一刻，海伦·佩顿递给华林一杯茶，而他正在从她手里接过茶杯。

"哗啦"一声，连茶杯带茶碟被打落在地上，身边最近的几个人瞧见博士的脸色骤然变得煞白，一只手紧紧地抓着身边的椅子。

但是很快，他勉强恢复镇定，强笑了一声，吩咐野路清扫茶杯碎片。

"拎起四个角，就一下子都端走了。"他指着茶杯落地的那块地毯，吩咐道，野路笨手笨脚地依言行事。

"奥斯汀小姐，请原谅我的冒失。"他转头笑着对女孩说，可当他这么说的时候，声音在颤抖，说完就匆匆转身离去。

"约翰，你怎么了？"艾米丽·贝茨走到他身边问道，"你不舒服吗？"

"没有，没有，亲爱的。还……还好。那个愚蠢的茶杯让我看着心烦意乱。我出去一个人静静。"

他略显唐突地离开房间，回到自己的书房里。

贝茨太太屏气凝神倾听，听到他锁上门把自己关在房内。

"真是抱歉，"她对着安妮塔说，"我想你会原谅华林博士的。这些天他的压力实在太大了，一个小小的闪失，比如打碎一个茶杯，都足以让他情绪失控。"

"我懂，"女孩深表同情地说，"他一定是太忙，工作太过专注。"

她说话的样子和平常一样，漫不经心、敷衍了事，仿佛压根不在意自己所说的话。她的眼神四处飘忽，紧咬着红红的下嘴唇，似乎内心紧张不安。可表面上神态镇定、举止优雅，是众人眼里礼貌得体的客人，而不是冷漠的客人。

戈登·洛克伍德立即跟上自己的上司，轻轻拍打紧锁的书房门。

"没事的，洛克伍德。"华林从敲门声认出了他，"我现在不需要你。我很快就出来。回茶室里去吧。"

洛克伍德欣然往回走，希望能有机会和神秘女孩聊几句。

她正兴致勃勃地与海伦·佩顿、平克和贝茨太太聊天。

令洛克伍德意外的是，奥斯汀小姐确实兴致很高，兴高采烈，谈笑风生。

然而，经过仔细观察，洛克伍德敏锐地察觉出其实她在强颜欢笑。

这个秘书读取人性的能力简直出神入化，他深信女孩假装欢颜是她坚定的意志使然。

为什么呢？洛克伍德百思不得其解。

戈登·洛克伍德与众不同。他对最冷漠、最僵硬的面部表情痴迷不已。他绝不允许自己流露出一丝激动甚至兴趣。这个习惯最初是有意而为之，后来慢慢成为他的第二本性。他不会为任何事情所动，令自己失态或者搅了自己的心境。即使听到天大的喜事或者天大的噩耗，他的反应毫无二致，同样无动于衷，绝不惊喜若狂，始终波澜不惊。

这听上去很是无趣，但在平静如水的外表之下，洛克伍德性情温和、乐于助人、愿意倾听，所有了解他的人都喜欢他、信任他。

华林在各个方面都依赖他。对雇主而言，他不仅仅是个秘书，还是个顾问、朋友。

当然，具有洞察力的戈登·洛克伍德不可能对佩顿太太和她女儿的心思毫无察觉，母女俩指望他会拜倒在金发海伦的石榴裙下，甚至佩顿太太本人也曾幻想有朝一日能成为华林府的女主人，当然艾米丽·贝茨浇灭了她的幻想。

这些意图虽然都赤裸裸地表现了出来，但都没有对相关的两个男人产生任何影响。

两人一如既往地和气对待佩顿母女，于是事情也就不了了之。

不论是华林还是洛克伍德都没有拐弯抹角地暗示过，但彼此心里都清楚，博士举办婚礼之时，就是自然而然地终止佩顿太太效劳之日。

此刻，戈登·洛克伍德自嘲地一笑，笑自己竟然不可理喻、毫无由头地好奇于一个丫头片子，对她怪诞的深色小脸以及冰火两重天的举止产生了浓厚的兴趣。

平克尼·佩恩笨拙的行为逗得安妮塔哈哈大笑。可是在洛克伍德暗中细细的观察下，他发觉女孩笑得有些不合理。她不是因为开心而笑，而是出于别的原因。笑声听上去更接近歇斯底里，这个判断让他自己也很困惑。

他加入这群年轻人之中，用他一贯平静但有效力的口气说："奥斯汀小姐，别再犯傻了，走，我们谈谈。"

女孩惊诧不已，他拉着她的手，把她带到屋子另一端的长沙发上。

"坐那儿，可以吗？"他摆放好两只靠枕。

"可以。"她说，接着陷入了沉默中。

她坐在那儿，眼睛茫然地看着前方，洛克伍德在一旁观察着她。过了一会儿，他轻声说道："很糟糕，是不是？"

"是的，"安妮塔叹了口气，猛然反应过来，"你什么意思？什么很糟糕？"

"我不知道是什么，但它在困扰着你。"深邃的蓝眼睛与她的眼神会合，可姑娘的脸上没有反应，也没有默认。

"再见，"她遽然站起身，"我得走了。"

"别，别走，"平克远远地听到，大声喊道，"别啊，你刚来不久嘛！"

"我得走了，"神秘小姐口气坚决，"再见，贝茨太太，谢谢你带我过来。再见，佩顿太太。"

向众人弯腰施礼告别后，怪女孩走到大门口，等着仆人野路为她开门。

管家助理懂得如何在门口送客，他恭顺地等着奥斯汀小姐扣上手套的纽扣，对着大厅里的镜子轻轻扶正面纱之后，才拉开了大门。

他满脸恭维地打开大门，然后在她身后又将门关上。

门刚刚关上，平克尼·佩恩突然撞开门，跑出去追那个女孩。

"奥斯汀小姐，留步。你走得真快！我送你回去。"

"不用劳烦。"她冷冷地拒绝，连眼皮都没抬一下。

"不行，必须得送。天快黑了，你会被人绑架走的。如果你不想说话，就不必说。"

"我从来就不想说话！"女孩的回答惊人而干脆。

"好吧，我刚才是说你不必说话嘛！别生气……别！好啦，别生气啦，我的老苏格兰保姆以前就是这么哄我的。"

神秘女孩看都没看他一眼，但默许他跟在自己身边，于是两人快步走着。

"你觉得博士长得帅吗？"平克找了个话头。

"我没怎么看他。"

"不会吧，你肯定看到他了，不过你没什么机会去了解他。他正值当年，虽然上了点年纪。我看婚礼快办了。你有没有注意到他的红宝石领带夹？"

"注意到了，看上去不太适合他。"

"不适合。他穿衣服向来保守。不过那个镶着名贵宝石的领带夹是他班级同学送的，我是说毕业班同学。他们毕业有年头了，他答应每周都戴一次，所以他通常礼拜天佩戴。那可是块难得的宝石！"

"没错。"奥斯汀小姐说。

一到亚当斯公寓，女孩便匆匆道别，剩下平克尼·佩恩面临两个选择，要么进入公寓去找其他的房客，要么原路返回，因为一眨眼工夫，奥斯汀小姐便进了门厅，径直上楼去了，再也不见身影。

年轻的佩恩转身往华林家的方向溜达，边走边寻思，究竟是什么让他对这个如此不讨人喜欢的姑娘神魂颠倒。

回到大宅，他发现大伙儿谈论的话题正是这个女孩。

佩顿太太表明自己的观点："在所有粗野无礼的人当中，她是最差劲的一个。"

"就是！"海伦附和道，"我压根就看不懂她。我也不觉得她漂亮。"

"我倒是认为她很美，"艾米丽·贝茨若有所思地说，"我觉得她是个美人儿，非常有魅力。"

"魅力！"海伦不屑一顾，"我可没看出来。"

"她一点都不粗野，佩顿太太，"平克替不在场的女孩打抱不平，"说实话，她辞别的礼数很是周全。她为什么非要留下来？我们这些人她都不认识，而且，呃……或许她也都不喜欢。"

"说到点子上了，"戈登·洛克伍德表示赞同，"她不喜欢我们，对此我敢肯定。当然，如果她不想与我们交好，她为什么要勉强自己呢？"

"为什么不呢？"泰勒不解，"她太盛气凌人，我可受不了她。她做出一副仿佛拥有全世界的样子，其实没人知道她是什么身份、什么来路。"

"我们有资格那么做吗？"洛克伍德反问，"除非她愿意讲述，我们为什么要继续打探她的身份和背景呢？"

"奥斯汀小姐呢？"这时，华林博士回到了房间，他已恢复了常态。

"回去了，"贝茨太太汇报说，"约翰，你还好吗？"

"哦，当然，亲爱的。我没病，也没出什么状况。刚才的小插曲是我反应过度，当时我只想躲起来。"

他故作滑稽地挤眉弄眼，像个淘气的小男生，艾米丽·贝茨牵起他的手，把他拉到自己身边坐下。

"是什么让你打翻了茶杯，约翰？"她目不转睛地盯着他的眼睛。

他犹豫片刻，眼神游离，然后说："艾米丽，我不知道。我猜是我手上的肌肉突然痉挛了，我一时控制不住。"

这个回答并没有令贝茨太太满意，但她没有继续追问下去。于是有关安妮塔的话题又重新被提起。

"华林博士，你觉得她长得怎么样？"海伦·佩顿问。

"我没怎么看她，"回答很平静，"你们都欣赏她吗？"

"一部分人，"贝茨太太回答道，"我是其中之一。约翰，你以前见过她吗？"

这个问题让华林博士一惊。

"从未见过，"他郑重声明，"我怎么可能见过她？"

"我不清楚，"贝茨太太笑盈盈地说，"我可以肯定的是，我有点印象……"

"没有，亲爱的，我这辈子都从未见过这个姑娘。"华林再次声明。

"你以后也不想再见到她，"罗伯特·泰勒进言，"她总是板着脸，又蠢又傲慢。他们都说她很神秘，可在我看来，她是成心的，故作神秘，哗众取宠。我可不吃她那一套。"

听了这一席话，海伦·佩顿毫不掩饰地显出满意的神情，在她的身边早已有够多的女孩令她羡慕嫉妒，不需要在名单上再加上一个。再说，她尤其想保住罗伯特·泰勒的仰慕，自然很乐意目前没有新的危险。

"奥斯汀小姐很美，"戈登·洛克伍德总是在讨论最后加以总结，亮出自己的观点，"也很神秘。我和她住在同一家寄宿公寓里……"

"我也是，"泰勒打断他的话，"她对我们俩都爱答不理。"

"她可没有怠慢我。"洛克伍德坦率地说。

"别太上心，她总有一天会的！"泰勒反唇相讥，对自己的先见之明得意地哈哈大笑。

# 命案发生

那个周日的晚上，华林家里的晚宴上没有客人。通常周日晚餐都有客人出席，但今晚只有佩顿母女、洛克伍德以及华林本人。

贴身男仆伊藤在礼拜天的下午和晚上放假，于是男仆助理野路尽管经验不足，仍在餐桌旁卖力表现，努力让百般刁难的佩顿太太满意。

海伦·佩顿谈兴高昂，喋喋不休地对下午的访客奥斯汀小姐评头论足。

然而应者寥寥。她的母亲心思都用在调教日本男仆身上，而另外两位男士似乎对这个话题很反感。

"你不觉得她的长相有点怪怪的吗？"海伦问华林博士。

"长相怪？"他重复着海伦的话，"没看出来。我没有特意留心看她。在我眼里，她是家中的贵客。"

"贵客，这个词用得恰如其分，"洛克伍德表示赞同，"博士，明晚的演讲准备得如何？由费森登来做演讲吗？"

"不，明晚我必须亲自演讲。抱歉，我在忙着修订那本书。无论如何，今晚我将查一些数据，这样就都准备好了。"

"你当然会亲力亲为，"佩顿太太笑嘻嘻地说，"你无论做什么事，都事先做好充足的准备！"

"这就意味着有活要干。"华林加了一句，说完，起身离开了餐桌。

他进了书房，洛克伍德跟在后面，出于秘书的职业素养，他知道上司需要什么书籍，并立马从书架上取了下来。

洛克伍德把满怀的书放在书桌上，华林浏览了一下说："正是我想要的。"然后坐在一把转椅上。

"请你再把马可·奥里利乌斯也拿来，还有马提亚尔。"

"古典风格。"洛克伍德微笑着说。

"是的，料不够，加点权威文献来凑数。"华林打趣地说，"洛克伍德，今天就到此为止。你想走的话，现在就可以走。"

"不急，先生，我待到十一点再走。我手头在忙着赶报告，而且，要是有人来拜访的话，我可以出面接待。"

"洛克伍德，你真是个不错的年轻人！我很欣赏这一点。好吧，如非要务，不得打扰我。"

秘书离开房间，随手关上了书房门。

这扇门开在十字厅的一端，走到底便是一个宽大的窗下座位，还有一个放书的支架及桌子。这里是一处舒适而实用的僻静角落，戈登·洛克伍德经常霸占此地。从窗口眺望出去，优美的湖景便映入眼帘。书房的大窗虽然也能看到湖景，但从这扇窗望出去，还能看到公路，以及路边不远处矗立着的亚当斯寄宿公寓。

为了图方便，洛克伍德就住在那里，但其实他大多数时间都在上司的家里度过。他用实力证明自己是个完美的秘书，几近先知先觉的敏锐度和泰然自若的气度发挥了极大的作用，替约翰·华林阻挡了会带来麻烦的人和事。

基于这样的考虑，他决定留守下来，以防万一有人前来打搅博士的工作。

但如此一来，洛克伍德自己的工作就难免被耽搁起来。他努力想要集中思想，但那张神秘莫测的清秀面庞始终在脑海里萦绕，女孩的神情实在令他费解。他，戈登·洛克伍德，相面大师，这次彻底束手无策。他无法把这个女孩划归到某一类人群，因为她既粗暴野蛮又妩媚迷人，既冷酷无情又楚楚可怜。

从神秘小姐会说话的眼睛和坚定的小嘴上，这位相面大师看到了冷酷。正是因为她天性中带着残忍，所以他觉得她很可怜，这反而更加激起了他对女孩的兴趣。

总之，他满脑子都是那个姑娘，工作被搁置一旁。后来，他又想到了其他事情，即便本身是个心高气傲的年轻人，但他也有自己的麻烦事。事实上最令他心烦意乱的麻烦，也是最见不得人的，便是钱的问题。他本性上是厌恶万事讲求唯利是图的立场的，可一旦处于财务困境，不论事情有多么不堪，都不得不委身妥协。

九点半，野路端着托盘过来，托盘里放着水和玻璃杯。在佩顿太太监视下，日本男仆轻轻叩打书房门，得到主人的同意后，举着托盘进了书房。依照吩咐，他一丝不苟地把托盘放在桌子上，鞠了一个日本式的弯躬之后，离开了书房。

十点半，佩顿太太和海伦上楼进了各自的房间，管家太太严格、明确地指示野路，主人不休息，他就得守在岗位上。

夜渐渐深了。

下弦月之夜，夜色清澈、凛冽，月色昏黄，刚过十五的月亮依旧丰盈。

月色下的天地宛若仙境，冻雨过后，树上覆盖着一层冰，屋檐和篱笆上挂着冰锥，冰天雪地晶莹剔透，万籁俱寂。

几个钟头过后，太阳升起，照耀在同一片天地之上，但阳光并没有驱除寒意，温度计上的水银柱停在冬季气温的历史最低值。

　　星期一大清早，伊藤敲响了佩顿太太的房门。冷淡如伊藤这样的日本人也禁不住瑟瑟发抖，一口黄牙咯咯作响。

　　"什么事？"佩顿太太大声应答，从床上跳起来去开门。

　　"夫人，出大事了。"她迎面看到一个东方式的鞠躬。

　　"出什么事了？快说，伊藤。"

　　"夫人，我不确定，可是……主人……"

　　"华林博士怎么了？"

　　"他……他在书房里睡着了。"

　　"在书房里睡着了？伊藤，你说清楚！"

　　"夫人，他的床没有睡过。卧室门开了条缝。我往书房里瞄了一眼……从餐厅看过去的，他在书桌旁……"

　　"睡着了，伊藤，你是说睡着了！"

　　"是的，夫人，可是……我不清楚。还有，野路……走了。"

　　"走了！去哪儿了？"

　　"我也不知道。夫人不妨亲自去看看？"

　　"不行，我不去！我明白，肯定出了什么事！我就知道会出事！伊藤，他不是睡着了……他是……"

"夫人，别往下说。我们还不确定。"

"那就去查清楚！进去问问他。"

"可门是锁上的。我试着开过。"

"锁上了？书房门锁上了，而华林博士还在里面？你怎么知道的？"

"我从餐厅窗口偷看的，我能看到他，趴在书桌上。"

"从餐厅窗户！你什么意思？"

"墙上的小内窗，夫人知道吗？"

华林家的房子建成几年之后，才又加盖了书房。这样一来，原本可以看到湖景的餐厅窗户的视线便被遮挡住。不过，三扇正方形的小窗户保留了下来，于是窗口就连着新建的书房。

为了营造高屋顶的效果，书房的地面往下挖了至少六英尺深，这就使得窗口距离书房地面太高而无法往餐厅看，但是却可以反方向从外往里看。原来窗户上的框格被彩色玻璃所替代，外观更漂亮，也更通透，一向好奇心重的人便可以窥探到书房里的部分情形。

镶嵌的彩色玻璃被固定在上面，其装饰性大于功能性。

正是透过这些窥孔，伊藤才发现华林博士一反常态地在早上七点钟仍待在书房里。

伊藤具备了大和民族的特质，没有慌乱，他的沉着冷静在一定程度上也安抚了佩顿太太的情绪。她一边匆匆穿好衣服，一边制定行动路线。

她的第一个念头是去叫醒女儿，后来又决定不去打扰她。于是，她给戈登·洛克伍德打了电话，叫他赶过来，越快越好。

老水手接的电话，并把留言传达给了秘书。

"那里出了什么事？"洛克伍德问。

"不知道。我从声音里听出来佩顿太太很紧张。不过她只是叫你过去一趟。"

"好的，我穿好衣服就去。"

刚跨出门，清晨的美景便迎面扑来，令洛克伍德心旷神怡。这里是新英格兰地区风光最怡人的地方之一，今天在冰霜的覆盖之下，呈现出新的光彩。

洛克伍德步履匆匆，踩在硬结的雪块上"嘎吱嘎吱"作响，他一路赶往华林府邸。

伊藤开门让他进来，佩顿太太则在大厅里迎候他。

"华林博士出事了，"她一见面便开口说，"他整晚都待在书房里。"

"哦？你什么意思？"秘书问。

"没别的意思。他的卧室门一直开着，床也没有睡过的痕迹。还有，伊藤说他能看见博士在书房里，是从餐厅窗户看到的。我……我还没去看……"

"你们为什么不进去？"

"书房的门锁着。"

"锁着！而华林博士仍然在那里？"

"是的，我认为他肯定是中风了，或者，别的……"

"胡说！他只是睡着了。反正就是，他工作得太晚，劳累过度。"

"你在这儿真是太好了。"佩顿太太似乎松了一口气，"洛克伍德先生，你来处理，好吗？"

秘书首先去查看书房的门。他先敲敲门，然后试着打开，又敲敲门，这次声音非常响。可是房里没有回应，洛克伍德只好回到餐厅里。

"透过那块玻璃能看到里面吗？"他注意到窗户上镶嵌的厚重铅化马赛克块，惊诧地问道。

"能看到，先生，从这个角落看。"在伊藤指点下，洛克伍德往里面窥视，看到了约翰·华林的身影。他坐在书桌旁，身体微微前倾，头垂落在胸口。

"看着像是睡着了。"洛克伍德说，但语气里听不到一丝肯定。

佩顿太太深知这个人向来喜怒不形于色，尽管他此时表现得很镇定，她依然可以确定，他的看法和自己一致：约翰·华林并不是单纯睡着了。

"我们得进去叫醒他，"洛克伍德迟疑了片刻说，"伊藤，你能不能从窗户里爬进去，把门打开？"

"先生，不行，这些窗户根本就打不开。"

"打不开？为什么？"

以前除了评论过窗户的色彩之绚丽、设计之精美外，洛克伍德从未留意过这些窗户，当得知它们根本就打不开时，着实感到意外。

"那它们能派什么用场？"他大声说出心里想的话，"透过的光线微乎其微。"

"在加盖书房之前,这些窗户是开往户外的。"佩顿太太对他说,"镶上彩色玻璃的目的仅仅是为了装饰，而且那些窗框是固定死的。"

"好吧，我们必须得进去，"洛克伍德快要失去耐心了，"我们怎么办？你，伊藤，肯定有办法。"

"没有，先生，没有办法。除非，落地窗没有扣牢。"

落地窗是一扇真正的双开门，在书房的另一边，正面遥遥相对与餐厅相连的毫无实际用场的高窗。

然而，得出了大门，绕到房子的另一边才能到达落地窗那里。

"雪下得那么大……"伊藤耸了耸肩。

"你这个没有良知的家伙！"洛克伍德鄙视地喝斥，自己冲出前门，绕到房子的另一边。

佩顿太太起初也要跟去，但秘书嘱咐她回去，担心她会着凉。

不料他到了落地窗前却发现，窗子从里面扣上了。窗帘闭着，他看不到里面的情景，情急之下，他抬脚踢碎一块玻璃，高度恰好能让他把手掏进去扭开门闩。

进了房间，他迅速瞥了一眼书桌旁的那个人之后，走过去打开通往大厅的门锁。

此时海伦也加入了，她同妈妈和伊藤一起，三人蜷缩在门口。

"他死了，"戈登·洛克伍德平静、不带一丝情感地说，"不是死于中风……是自杀。"

"你怎么知道的？"佩顿太太喊出声来，眼睛瞪得大大的，脸色煞白。

"海伦，走开，"洛克伍德说，"回到客厅去，别过来。"

女孩巴不得如此，听话地走了。

"佩顿太太，进来，"洛克伍德接着说，"你得过来看看他，虽然会吓着你。你瞧，血流得很多。他是用刀捅或者开枪杀死自己的。"

强压住对场面的厌恶，佩顿太太出于职责慢慢靠近，正如洛克伍德所言，尸体的情形很骇人。

显然伤口在头的另一侧，受伤后，华林向前方倒下，使得伤口被遮掩住，但事实仍一目了然，他是因失血过多而亡。书桌上的吸墨纸及其他的陈设都被染红，地毯上有一摊又大又深的血迹。

"他肯定死了，"洛克伍德冷静、平淡地说，"因此我建议我们不要触碰尸体，马上派人去请格林菲尔德医生，他知道该怎么做。"

"天哪，你这个冷血的坏蛋！"佩顿太太一时情绪失去控制，脱口大骂，"你到底有没有感情？你站在那里就像个木头人，可世界上最好的那个人就死在你面前！还有你，伊藤！"她斥责起受到惊吓的男仆。"你也是个没有感情、不近人情的东西！天哪，我恨死你们两个！"

被她指控没有感情的两个人站在那儿面面相觑。

"主人，是谁干的？"日本人平静地问道。

"谁干的？"洛克伍德瞪着他，"老天，伊藤，是他自己干的。"

这个东方人并没有被吓得动弹不得，他对秘书的判断摇头表示异议，这时洛克伍德已经在打电话，就嘱咐他不要动。

格林菲尔德医生答应马上就过来，于是，洛克伍德来到客厅，建议佩顿母女先用早餐，因为将有一场严酷的考验在等待着她们。

"要是有时间的话，我和你们一起喝点咖啡，"他接着说，"海伦，振作点，对你来说，事情确实很可怕，但你必须学着做个勇敢的女孩。"

他的善良为他赢来一个充满感激的眼神，而洛克伍德则快步回到了书房。

"你在干什么？"他厉声说道，伊藤正弯腰俯身在尸体上方。

"没干什么，先生。"男管家迅速挺直身体，立正站好。

"出去，未经允许绝对不可以进来。给两位女士上早餐去。野路在哪儿？"

"他走了。"

"去哪儿了？"

"那我可不知道。他昨天晚上还在这儿，现在不在了。我就知道这么多。"

"你啥都不知道。出去。"

"好的，先生。"

独自一人留在书房里，戈登·洛克伍德细致观察着房间。他不仅查看了已逝雇主的弯曲身体，还查看了书桌以及书桌周边的状况。然后，他踱步环视了一圈窗户、地板和家具。

一把椅子靠近书桌放着，引起了他格外的注意。他的神情先是困惑不解，转而愕然。

警觉甚至是心虚地观察了一下四周之后，他连忙用手使劲地摩擦椅子的长毛绒靠背，看上去是要把什么东西给擦拭掉。

他再次急切而认真地检查一遍房间，做完之后，才坐到那把长毛绒椅子上，等待着医生的到来。

海伦·佩顿胆战心惊地来到门口，喊他去吃早饭。

"不去了，海伦，"他回答说，"医生来之前，我就待在这儿。你先吃吧，孩子。抛开烦恼，愁眉苦脸毫无用场。保持勇气和镇定，你才能真正地帮到自己。如果情绪崩溃，事情就只能一团糟。"

他没有看见女孩投来了仰慕的眼神，也没有意识到他的这番话对她后来的行为所产生的影响。海伦·佩顿正处在极度的惊吓之中，只有洛克伍德的建议她才能听得进去。

她回到餐厅，平静地说："戈登一会儿过来。我们先吃饭吧，妈妈，勇敢点，坚强点。"

一刻钟不到，洛克伍德也来到了餐厅。

他在自己的座位上坐下，抖开餐巾，说："格林菲尔德医生已经来了，他说华林博士是被刺死的，不是开枪打死的，他还说，是一把又圆又尖的凶器，不是像小刀那样的扁平工具。"

"谁干的？"海伦圆睁着眼睛问。

"海伦，肯定是自杀，因为，你们知道，房门是锁上的，怎么可能有人进出呢？"

"可是，华林博士杀死自己，这太荒唐了！"女孩更加难以置信的样子。

"他绝不会自杀的！"佩顿太太严肃地说，"这个男人根本没有理由自杀！马上就要当上新郎官，马上就要当上大学校长……整天活力四射，劲头十足……自杀？胡说！"

"我只是转述医生的话。何况你们自己也知道，书房的房门是从里面锁上的。"

"是的，的确如此。伊藤，别待在这儿。"

见男管家正用心听着谈话，佩顿太太厉声喝斥。

"他不该听到这些话。"等看不到贴身男仆的影子，她才解释道。

"野路走了是怎么回事？"洛克伍德突然发问。

"没错，他走了，"佩顿太太说，"我也搞不懂。我以前不认为他会留下来，因为他一点也不喜欢自己的工作——你也知道的，他只是想学习成为一个贴身男仆。不过，他走的方式有点奇怪。他的工钱还有三个礼拜才结呢！"

"那么说，他会回来的，"洛克伍德猜测，"好了，我们现在先做什么呢？首先要把这个噩耗通知校方，当然，还有贝茨太太。你们俩谁去通知贝茨太太呢？"

"你去吧，海伦，"佩顿太太思忖了片刻说，"我应该待在家里照料着，而且，亲爱的，你能表现得聪明点、温柔点。毕竟，贝茨太太喜欢你，得早点告诉她。"

"不，我做不到！"一想到这趟差使这么棘手，她不禁哀号。

"你可以的，"洛克伍德坚毅而慈爱地看着她，"你想帮上忙，是不是，海伦？瞧，这件事你就能做，能帮我和你妈妈极大的忙。我们俩今天都要为处理这件不幸的事情而忙得脱不开身。"

"可是我该怎么说呢？我能告诉她什么呢？"

"只要把你知道的事实告诉她就行。从你的激动情绪里，她就会猜到出事了。然后你再尽量婉转地告诉她。做个真正的成熟女性，海伦，记住，你的消息虽然会令她心碎，但是从你口中得知消息对她是最好的安慰，因为你是最有同情心的信使。"

"我去。"海伦努力不让眼眶里的眼泪落下来，勇敢地说。

"好姑娘！快去，就现在，趁传言还没传到她的耳朵里，坏事总是传得快。"

"现在该处理野路的事，"洛克伍德深谋远虑地说，"佩顿太太，请把伊藤叫过来。"

"你最后一次见到野路是什么时候？"秘书在盘问男仆。

"先生，是昨晚我回来的时候。礼拜天是我的休息日。我大约十点左右到家，看到野路把自己的活干得不错，于是就上床睡觉。今天早上，我发现他没有上床睡过觉。他的衣服不见了，还有所有的东西都不见了。我想他是一去不回了。"

# 一桩奇案

　　洛克伍德回到书房，发现验尸官和格林菲尔德医生正在交谈。

　　验尸官个头高大，眉毛浓密，举止傲慢自负，一副高高在上的样子。他睥睨着洛克伍德，颐指气使地说："你怎么看？"

　　洛克伍德比他年轻些，很反感他的口吻，但心里明白这个问题问得合情合理，于是态度恭敬地说："先生，一切都正如您所看到的。因为无法用别的方式进入房间，我就打碎了那扇玻璃门，接着就发现华林博士……他的情况就是现在所呈现的这个样子。"

　　"可是，一定还有其他办法进出这个房间。"验尸官马什宣称。

"绝对没有。"洛克伍德重申。

"不要反驳我！我说了，肯定有——因为这个人是被谋杀的。"

"不可能，先生。"洛克伍德正视着验尸官的眼睛，一如平常地镇定、坚毅。

"很好，那么，他是怎么死的？"

"我不是验尸官，"秘书说着，双臂交叉抱起，身体斜靠在大壁炉的拐角，"不过，既然你问了我，我就再说一遍，昨天晚上没人有办法进入这个房间，这足以证明，这是一起自杀案件。"

"那么，诚然如此的话，对于所使用的武器你有何高见？"

"会是什么武器？"验尸官原本想将洛克伍德一军，没想到竟被他反问。

"那也正是让我困惑的地方，"马什医生回答说，"你可以清楚地看到，伤口是由锐器造成。这个人右耳的下方被刺中，颈动脉被刺破，造成他因失血过多而死亡，神经丛也被刺穿，这无疑使得被害人即刻失去意识——我是说在刚被插入的一刹那——虽然他有可能在几分钟后才咽气。"

戈登·洛克伍德冷静地注视着对方。他一直骄傲于自己不可撼动的沉着力量，此时他淋漓尽致地展现出这一特质。果然，马什医生被看得心里直发毛，平日里他习惯了自己的话一锤定音。他立刻反感起这个泰然自若的年轻人，这个年轻人竟敢对自己的推断擅自提出异议。

性情随和的格林菲尔德医生在一旁打圆场："我得说，我非常了解华林博士，他绝不可能自杀。尤其在当下，他曾一直期盼得到学校的至高荣誉，也盼着与那位漂亮的女士结婚。"

"那不是重点，"马什医生颇为不耐烦地大声说，"重点是，如果他是自杀，那么凶器在哪里？"

"我承认它还没有被发现，也承认这一点很奇怪。"洛克伍德表示认同，"可是，凶器有可能会被找到，而进入密室的方法却无法找到。"

"这些都不在你的职权范围之内，年轻人，"马什严厉地瞅了他一眼，"警察很快就会来，我相信他们很快就能查出真相，不管是自杀还是他杀。格林菲尔德医生，按你的推断，凶器有可能是什么呢？"

"很难说，"格林菲尔德慢腾腾地说，"你瞧，凶器造成的孔径是个完整的圆孔。现在大多数匕首或者短剑都是平面叶片状的。我不敢肯定真正的凶器就是圆形的。如果凶器是帽针的话，孔口又太大了，这个洞大得像……"

"滑石笔。"验尸官提示说。

"是的，或者再大一点的，但比铅笔小。"

"铅笔做不出来这种事，"马什苦思冥想，"滑石笔倒是有可能，但终究是极不寻常的凶器。"

"会不会是账单钉？"格林菲尔德医生问，"我认识一个人，他曾经用这个杀死过人。"

"确有其事，不过账单钉在哪里呢？"马什问，"书桌上面固然有一个，但里面插满了账单，一点看不出曾被用来达到实施犯罪目的的迹象。如果这是自杀案件——如洛克伍德先生所坚持的——受害人绝对不可能在捅了自己之后，再去清洗锥钉，再把账单都放回去！"

"他当然不可能办得到！"格林菲尔德医生说。

马什仔细检查账单钉。这是一件很常见的文具，由一个不锈钢长锥和一个青铜底座组成。毫无疑问，它可以用来当作一件趁手的谋杀凶器，但与此同时，很难令人相信它这次曾被派过这个用场。从目前的状况看，上面的账单和便笺都完好地被尖锥刺破，当然，如果曾被取下来再穿上去的话，不可能不留下痕迹。

经过再次检查之后，格林菲尔德医生说："反正在我看来，华林脖子一侧的洞是由比那个账单钉还要稍微大一点的工具造成的。应该是有圆形的匕首的，对吗？"

"有的，"洛克伍德说，"我见到过。"

"在哪儿见过？"验尸官猛然向他发难。

"这个嘛……我记得不太清楚，"秘书一时失态，乱了阵脚，"可能是在博物馆，或者在私人收藏品里见过，说不准。"

"你是不是很了解那些私人收藏里千奇百怪的武器，却又记不得你曾在哪里见过一把圆形匕首？"

马什验尸官死死地盯着他，洛克伍德恢复了常态。

"确实如此，"他坦承，"我曾在某时某地见过一把圆形匕首，但我实在想不起来是在哪里。"

马什不禁建议他："最好还是加强一下你的记忆力。"说话间，警察到了。

科林斯的地方警察素来以这个集体为傲，他们有充分的理由这样做。局长领导有方，手下个个训练有素，精明强干。

莫顿警探负责此案，一到案发现场，立即投入工作。

他勘察了约翰·华林的尸体，但与验尸官的观察角度不同，他主要是查看与死因相关的线索。

"他额头上的那个环形是什么？"他端详着死者的脸问道。

"不知道，我也觉得很奇怪，"格林菲尔德说，"马什医生，你看那是什么？"

验尸官透过眼镜仔细查看。

"我也看不出来。"他实话实说。

莫顿看得更加仔细。

华林的额头上有一个红色的圆圈，仿佛是出于某种目的故意弄上去的。

圆圈直径约两英寸长，呈红色，凹进肉里，像是被烙铁烙上去的。

"不像是很烫的烙铁。"莫顿猜测说，"但肯定有人这么干。我判断这是凶手的标记或者记号。毕竟死人没法做这事，再说，也完全没有道理去推测，是华林博士本人在自杀前给自己烙个记号。那么，究竟是在死前还是死后烙上去的呢？"他征求在场两名医生的高见。

"要我说，是死之前。"格林菲尔德医生说出自己的看法。

"同意，"马什附议，"但是在死前不久。我不敢确定这是个烙印，这种印子可能是用……小茶杯或者小玻璃杯印上去的。"

他从茶盘上拿起一个玻璃杯，然后专注地朝着华林额头上的红色印记比画。

"合不上。"他说，"但也没差多少。"

"一派胡言！"戈登·洛克伍德凛然正色道，"谁会在华林博士的脸上用玻璃杯做个印记？"

"可是，确实有个印记啊！"莫顿尖酸刻薄地看着秘书，"你还能给出其他的解释吗？哪怕异想天开的也行。"

"没有，"洛克伍德说，"莫非他断气的时候，摔倒在某个圆形的物品上面？"

莫顿打量了一番书桌上的摆设，说："桌子上没有。墨水瓶的盖子是盖好的，而且瓶口也更小一点。桌子上面没有东西符合那个印记。由此可见，是死前印上去的，肯定是凶手干的。"

"或者是自杀者本人。"洛克伍德语气毫不退让。

看着这个冷静的年轻人，莫顿决定要对他留个心眼，他一再坚称这是自杀，必定有玄机。

"好了，"警探果断地说，"谈正事吧，我要盘问家人……住在家里的人。我看不妨换个房间问吧……"

"好的。"洛克伍德一口答应下来，这让莫顿愈加怀疑。为什么秘书如此迫切地要离开书房？当然，不用说，案发现场总是很瘆人。

"稍等，"莫顿说，"会不会是抢劫？有没有东西丢失？"

洛克伍德看上去很意外。

"我从没想过去清点物品，既然认定是自杀，我就没往抢劫那方面想。"他环顾一番四周，说，"好像没丢东西。"

"希格比，留在这里看着。"警探对一个警察下达命令，然后问秘书在哪儿他可以问话管家和仆人们。

洛克伍德把莫顿带到客厅，贝茨太太和佩顿太太母女早已坐在里面了。

艾米丽·贝茨的眼睛下面还留着泪痕，但此时她已恢复镇定，带着恳切的神情迎了上去。

"务必抓到凶手！"她哭喊着，"我不管那个房间锁得有多紧闭，我只知道约翰·华林绝不会自杀！他为什么要这么做？还有谁比他更有理由活下去？他不可能了结自己的生命！"

"贝茨太太，我也倾向于您的看法，"莫顿对她说，"但您不能忽视从谋杀理论角度上存在的难题。我被告知，房间是个密室，是那样吗，佩顿太太？"

突然被发问，管家太太猝不及防，摆着双手哭出声来。"哦，别问我，"她号啕大哭，"我什么都不知道！"

"或许不是直接的迹象，"莫顿的语气和缓下来，"但至少和我说说你了解的情况。你最后一次看到华林博士是什么时候？"

"昨晚，餐桌上。"

"晚饭后再没见过？"

"没有。是的，我没见过他。我当时在调教一个新仆人，看着他把盛着水罐和玻璃杯的托盘送进书房，我没往里面看，也没看到博士。"

"你听到他说话了吗？"

"我想我没听到他说话的声音。我听到纸张发出的沙沙声，所以我知道他在里面。"

"那个仆人马上就退出来了吗？"

"是的，我一直盯着他。我得指导他晚上该做什么。"

“你给他下达了哪些指示？”

“要做好餐厅里的活，收拾好餐具什么的，然后值守在旁边，不能离岗，直到华林博士离开书房回房睡觉为止。”

“这个仆人以前做过这些事情吗？”

“没干过这些事。他来了没几天，之前都是由贴身男仆伊藤照料博士的起居。礼拜天下午和晚上伊藤休息，所以我开始调教野路。”

“而这个野路失踪了？”

“是的，今天早上发现他不在了。他的床没有睡过的痕迹。”

“那么我们可以理解为他是昨晚或今早离开的。现在两名医生都断定，华林博士死于午夜时分。如此看来，必须承认这个日本人的失踪和博士死亡之间存在关联的可能性。”

对于这个说法，戈登·洛克伍德表现出兴趣。尽管他一直保持着磐石般的镇定，但听闻警探的这番话之后，他的脸上显现出深切的关注，并点头附和。

“你也这么认为的，洛克伍德先生？”莫顿总是出其不意地发问，令人措手不及。

“我并不完全苟同，”秘书泰然作答，“但我确实认同其可能性。”

佩顿太太也献言：“如果野路能进书房的话，那就有可能。可是他进不去的。你知道房门是锁着的……不可能，洛克伍德先生？”

"是的，"洛克伍德回道，"我听到华林博士锁上了门。"

"什么时候？"警探敏锐地问。

"我看好像是十点左右。"

"那时，你在哪？"

"在书房门外的窗户角落里坐着。"

"那么，你能听到书房里的动静吗？"

"好像听不到。墙壁和房门都很厚实，按博士的要求特意加厚处理过，因为他需要绝对的独处和自由，不被打扰，不被偷听。什么都听不到，如果在那个时候确实有事发生的话，我无从知晓房间里正在发生什么事。"

"你最后看到博士本人是几点钟？"

"晚饭后，我跟着他一起进了书房。我负责照应他需要的东西，从书架上帮他找了一摞书，按他的吩咐从文件里翻找出笔记或者手稿之类的。这些都是我作为秘书该干的分内事。"

"后来呢？"

"后来他就打发我走，说我今晚可以离开了。但我在大厅窗户那里一直待到十一点钟才走。"

"你为何这么做？"

"为雇主着想。他异常繁忙，万一有访客，我可以接待处理，从而让博士免受打扰。"

"有人来吗？"

"一个都没有。"

"可你还是待到十一点？"

"是的。我一直在做自己的工作，当我打算回家时，已经超过了我预想的时间。"

"你走之前和博士打招呼了吗？"

"按惯例，我轻轻敲门道晚安。我的规则是，他正忙着，没有回应，或者含糊说晚安的话，我就知道今晚将不会有别的吩咐，我就可以回家了。"

"昨天晚上他回应你的敲门声了吗？"

"这……这不好说。我听到他嘟囔了一声'晚安'——但即使他确实这样回应了，声音也很轻，轻得几乎听不见。我当时没多想。既然他没有像平常需要我时高喊'进来，洛克伍德'，我就没太在意。"

"然后你到家是几点？"

"刚过十一点。几步路就能走到亚当斯公寓，那是我住的地方。"

"现在情况是这样的，"警探总结道，"你，洛克伍德先生，不确定华林博士有没有和你道晚安。野路送水进去的时候，你看到或听到他了吗？"

"没有。"

"佩顿太太也没看见，不过她想象自己听到了纸张翻动的声音。野路不在这，无法找他问话。所以，洛克伍德先生，我们可以确定，最后一个见到约翰·华林活着的人就是你本人，如你所说，时间是你离开他身边，在大约……呃……几点来着？"

"八点半或者九点。"洛克伍德随口答道。

"很好。你从他身边离开，然后坐在大厅窗口下。现在，我们没有确凿的证据证明，那个时间过后他仍然活着。"

"什么？"洛克伍德吃惊地瞪着他。

"我说，没有确凿证据。野路进了书房，但没有人知道野路看见了什么。"

"拜托，莫顿警官，"洛克伍德冷冷地说，"你在编故事。你就没设想过，如果华林博士当时有什么三长两短，野路端水进去的时候不会发出警报？"

"我认为情况反倒简单。日本人惧怕死亡，他们第一个想法就是逃避。如果那个日本男仆看到主人死了，他就会溜之大吉，而他也确实这么做了。"

"可是，我回家的时候，野路还在这儿。他递给我外套和帽子，神态没有异样。"

“洛克伍德先生，你必须记住，我们目前只有你的证言。”

戈登·洛克伍德看着警探。

“我不会假装没有听懂你的意思，”他一字一顿、傲气凛然地说，“眼下我也不为自己辩护。你这番含沙射影实在荒唐，荒唐至极，我无话可说。”

“没错，”莫顿点点头，“在律师来之前，一个字都别说。现在，贝茨太太，万分抱歉，这个时候打扰您，但我不得不问您几个问题。我没看错的话，但凡对破案有帮助，您都乐意知无不言的，是不是？”

“是的，”她回答说，“是的，当然，莫顿先生。可是我要抗议，你不该认为洛克伍德先生有嫌疑！华林博士的秘书忠心耿耿、鞠躬尽瘁，我敢担保。”

“先不讨论这事。贝茨太太，告诉我，华林博士的死会给谁带来经济上的利益？他的遗嘱把财产留给了谁？我猜想您肯定知晓，毕竟您打算近期嫁给他。”

“可是我并不知道，”艾米丽·贝茨略显愤怒地说，“我也不明白这样的信息怎么会帮助你破这桩案子。你不会认为有人谋财害命吧？”

“贝茨太太，莫非还有其他的犯罪动机吗？他有敌人吗？”

“没有，不过，是这样的，我想他认识一些人，他们对他当选大学校长心怀不满。但我不认为能把这些人称为敌人。”

"为什么？他们为什么不算是敌人？这场竞选给我的印象是一场白热化的竞争。"

"是这样的，莫顿先生，是这样的，"佩顿太太抢过话头，"如果华林博士是被谋杀的话——尽管我看不出来——那就应该是对手那一派干的。"

"可是，那很荒谬啊，"戈登·洛克伍德提出反对，"竞选对手那一派确实对选举结果很失望，可因为这个原因就去杀死华林博士也太不可思议了！"

"这是一桩不可思议的奇案，"莫顿回应道，"希格比，什么事？你发现了什么？"

希格比走进客厅，说："是医生发现的。他们刚才注意到，华林博士的领带上有一个针孔，但领带夹不在上面。他有没有戴过领带夹？"

"他肯定戴过，"贝茨太太喊道，"昨天他戴过一只红宝石领带夹。"

"确实戴过，"佩顿太太附和，"那只红宝石领带夹很值钱！他是因为这个原因被害的，没错，抢劫！"

"昨晚他是戴了那只领带夹，"洛克伍德说，"它确实不见了吗？会不会掉在地板上？"

"没找到。"希格比给出回应，于是众人返回到书房里。

"还丢了什么？"莫顿问，他对自己先前没有发现领带夹丢失感到懊恼不已。

"洛克伍德先生,丢钱了吗？"马什医生问,"你看看有没有丢钱？"

迟疑了一下之后,戈登·洛克伍德拉开书桌里的一只小抽屉。

"有,"他说,"昨晚,这里面有五百美元的现金,现在都不见了。"

"还是放弃自杀案件的论调吧。"莫顿警探说罢,飞快地瞥了一眼秘书。

# 马提亚尔书卷

验尸官马什医生、警探莫顿和死者约翰·华林的秘书戈登·洛克伍德，顿时面面相觑。

彼此都没有说出任何导致不快的言语，但都委婉地传达出意见不合的信息。

马什医生坚信这是一起自杀案件。

"匕首会在某个地方被找到的。"他耸耸肩，表示对观点的强调，"找凶器不属于我的职责。有人死于密室，伤口很可能是自己造成的，这种情况下，我就无法认定这是他杀。"

"同意，"洛克伍德说，"有没有在废纸篓里找过令他致死的器具？"

话音刚落，戈登·洛克伍德立马按自己的建议行动起来，迅速钻到大书桌下面。

莫顿也如闪电般紧随其后，警探看得不真，但他觉得隐约看见秘书抓起一张皱巴巴的纸片，塞进口袋里。

"我说，让我来翻。"莫顿喊道，他几乎是从对方手里把废纸篓夺了过来。

"好吧。"洛克伍德双手插在口袋里，立在一旁，看着莫顿在废纸篓里乱翻。

他把纸篓里的东西清空在地板上，里面只有几张扯碎的信封和便笺，后来证实对案情分析并无价值。

"不过，这些东西还是要留存下来。"莫顿说着，拿来一张报纸把废纸屑包了起来。

"你刚才是不是从篓子里拿走一张纸，然后放到自己口袋里了？"警探突然发问。

洛克伍德不为所动，冷冷地盯着莫顿，阴沉的眼神比任何言语还要刺骨，令人不寒而栗。

"莫顿先生，这么说吧，"他开口说道，"你要是怀疑我杀死了自己的雇主，就直接说出来。我知道，在小说里，最先被怀疑的人就是机要秘书。来啊，指控我，早点调查，早日了事。"

洛克伍德神态自若的表情令人难以对他产生丝毫怀疑，警探窘迫地嘟囔道："洛克伍德先生，没有的事，没有的事。只是，你好像没有完全说实话，你得明白，我们尽可能地搜集第一手资料。"

"当然，而且我一直坦陈相告。有什么问题就不妨问吧。"

"很好，那么，对于那五百美元和红宝石领带夹，你怎么看？这些钱财的丢失是不是有悖于自杀的推论？"

洛克伍德沉思了片刻："并非完全如此。如果它们被盗了……"

"被盗！它们当然是被偷走了，它们根本不在这儿啊！我没看到这里有保险箱。"

"这里没有，华林博士没有保险箱。科林斯镇少甚至从未发生过盗窃案，而且华林博士身边很少放大额金钱。"

"五百美元是笔不小的数目。"

"那是留给平时家用的。一旦需要用钱，我就替他从银行里取出那个数目，他把钱搁在那个抽屉里，用完了再取。他的习惯是给佩顿太太现金，由她支付仆人们的工钱和其他开支，佩顿太太的薪水也是现金结算。店铺账单开支票付款。"

"都是纸钞吗？"

"我每次都给他等额面钞。五块的有两百美元，一块的有两百，还

"有一百是银币。"

"都卷在一起吗？"

"是的。在书桌抽屉里放那么大笔钱是有点不太谨慎，但他坚持这么做。不过，有一点可以肯定，他往往一收到钱就很快付出一大笔。有时候他会用现金帮人兑付支票，有时候会给穷人一点现金。"

"抽屉上锁吗？"

"一直锁着。博士和我都有钥匙。他对我向来没有疑心，不像您，莫顿先生。"他冷笑一声。

"现在谈谈红宝石领带夹，洛克伍德先生，"莫顿转换了话题，"愿意配合我们搜查你的个人物品吗？"

洛克伍德跳了起来，几乎失去了平衡。

"我不愿意，"停了一下又立即说道，"如果你认为是必要的，我想我也无法拒绝。"

莫顿看着他，心里也没底。这个人不卑不亢、骄傲自大，看上去一点不像个罪犯，可是，这会不会是他在虚张声势呢？

对话到此结束，莫顿把注意力转向大厅窗户旁的桌子，那是秘书经常待的地方。

桌子上的摆设和书桌几无二致，他检查了一番上面的东西，然后拿起一个银质笔架。

圆形的笔架很光滑，上面没有其他任何雕刻或者印记，除了缩写G.L。

"这是你的？"他问，洛克伍德点头示意。

"马什医生，"莫顿转向验尸官，"我说，华林博士颈部的伤口有没有可能是由这个笔架造成的？"

这个问题令马什很意外，他拿过笔架，仔仔细细地上下审视。笔架是正常长短，由粗变细，末端呈尖头状。粗端的口径与尸体伤口的口径差不多大。

"我觉得很有可能，"马什回答说，他的视线在笔架和尸体之间来回摆动，"是的，大小完全一致。"

"它很坚硬，又很尖锐，而且还是圆形的，"莫顿总结说，"洛克伍德先生，我不是在做指控。我不是个新手，我知道目前只是存在一种可能性，那就是这个东西曾被当作凶器，但未必是你干的。不过我要说，我还有许多事要找你问话，所以我建议你不要离开科林斯。"

"我无意离开科林斯，也不会试图离开。"洛克伍德郑重其事地说，"可是，"他说，"请教一下，如果是我杀死了这个我效忠的人，那么我是怎么在离开房间之后，又把房门在里面反锁上了呢？"

莫顿说道："那些密室让我很头疼。我读过大量有关密室谋杀的侦探小说。这些密室最终无一例外被证实都有着这样或者那样的漏洞。

到目前为止,我还没有亲自检查完书房里的门窗。"

"那么,继续你的检查吧,"洛克伍德说,"你要是找到一个秘密进口或者隐门,那我就无计可施了。"

"或许准确地说是'无计能施',而不是'无计可施'。"

"别忘了那个失踪的日本人,"马什及时提醒,"我素来不信任日本人,如果房间里有密道可以进出的话,我首先会怀疑那个日本人,而不是洛克伍德先生。"

"我也是,"秘书面无表情地声明,"莫顿,还有件事别忘了,除了机要秘书之外,第二嫌疑人是贴身男仆,在小说里就是这么写的,我猜这也是你的办案流程。"

洛克伍德的冷嘲热讽让莫顿气急败坏,但他好汉不吃眼前亏,没有发作出来。

"我不会遗漏任何一个嫌疑人。"他正色相告。

说话间,警察局里来了两个人,他们自称是摄影师,按局长的吩咐来拍几张照片。

洛克伍德离开这一干人,去了客厅,那里聚集着家人和一些邻居。

"很高兴能从那个破案氛围里出来,"他惬意地坐到一把安乐椅上,"有人去世已经够糟糕的了,更糟的是还得看着、听着那些冷血警察对那些所谓的'线索''证据'瞎折腾。"

"说说里面的情形，"贝茨太太还在客厅里没走，"戈登，从你口中得知，我还能承受，而且我必须得知道。"

"从现场看，华林博士正坐在书桌旁看书，"洛克伍德看着远处，似乎在努力重构那个场景，"他肯定是在读马提亚尔的作品，因为那本书摊开在桌子上，书页上溅着血迹。"

贝茨太太失声大叫，浑身发抖，而洛克伍德面不改色，继续说下去。

"四周还散落着其他书，有的翻开，有的合上，但马提亚尔离得最近，就在手边，很像是他一直在读，直至最后时刻。"

"直到凶手到来！"贝茨太太吓得大气都不敢出，双目圆睁。

"当时未必有凶手在场，"洛克伍德一副很有把握的样子说，"您瞧，贝茨太太，未必凶手。那位莫顿警探想方设法捏造事实，认为刺客可以进入那间密室，可惜他未能得逞。我就知道他做不到。目前看来，这肯定是一起自杀事件。尽管我们都不愿意承认，但这终归是唯一说得通的结论。"

"可是他们说有东西被偷了，"佩顿太太插了进来，"那个红宝石领带夹找不到了，抽屉里的钱也没了。"

戈登说道："也有这个可能，这些东西是被人偷走了，但那个人并没有杀害死者。野路……"

"可不是嘛！"海伦·佩顿脱口大叫，"我明白了！我一直看不惯

98

野路，他总是一副贼头贼脑的样子。是他偷了那些东西，然后逃跑，再后来，华林博士自杀！"

"因为财物遭窃而自杀！"艾米丽·贝茨忍不住喊出来。

"哦，不，不是的！"洛克伍德连声反对，"当然不是这个原因。确实，这桩命案迷雾重重，动机是其中最大的悬念。我们可以为一起谋杀案想象出一个动机，不论是盗窃抢劫、'另一派'的麻烦，还是我们不知晓的宿敌。但对于这起自杀事件来说——我坚持这个观点——我认为没有动机可言。"

"我也认为没有，"贝茨太太说，"我比你们任何一个人都更了解他，我知道，而且确信，他是个快乐的人。他那么渴望和我结婚，满心欢喜地期待走马上任校长职位，他在这个世上根本就没有真正的烦恼。"

"另一派人干的。"佩顿太太又插嘴道。

"不可能，"贝茨太太肯定地说，"他知道自己在恪尽职守，秉承学校的原则和传统，他并不担心另一派。他想得开、看得远，派别之争不会困扰他。"

"贝茨太太，您说得太好了，"洛克伍德赞叹道，"不过，诚然这是起自杀案件的话，您认为缘由是什么呢？"

"关键就在这，"她严肃地说，"我不认为这是一起自杀事件，我肯定不是。像他这样一个达观、善良、美好的人，无论什么理由，都不

99

会做出这样的事。对了，他使用的是什么工具？"

"莫顿臆想房间里有个密道什么的，"洛克伍德说，"如果真有的话，窃贼可能是在事发后进入，然后拿走了凶器……"

"别说了，戈登，"贝茨太太严厉地说，"太荒唐了！不是自杀。退一万步说是的话，天底下哪有窃贼会事后进来，再拿走凶器的？"

"为了自保，"洛克伍德沉吟片刻说，"这样他就洗脱了自己的重罪嫌疑。"

"胡说！"佩顿太太怒气冲冲，"胡说八道，闻所未闻！首先，那间密室里绝对没有秘密通道。我这么多年在里面打扫卫生，扫地、擦灰、清尘，从没发现过什么密道！是的，除非这间书房重新装修过，地板重新铺过，哦，这个房间的每一寸我都了如指掌！不可能有秘密通道。这间书房是谁建造的？什么时候？为了什么？绝不是华林博士本人动手杀死了自己。他的生活就像是一本打开的书。他从来没有见不得人的事；凡是登门拜访的人，也没有我不认识的；没有哪件事他闭口不谈的。在和贝茨太太订婚之前，他的生活平静如水，没有一丝波动，况且你俩刚一订婚，他就告诉了我。"

佩顿太太毫不掩饰地看着华林博士的未婚妻，仿佛在暗示自己对求婚过程一清二楚，又仿佛在暗示自己对博士生活的了解和与其亲厚的关系。

"此言不虚，"洛克伍德说，"他是个没有秘密的人。他一向光明磊落地任由我拆读他的邮件，就没有我不知道内容的信件。"

然而，嘴巴上这样说着，这个人不由得想起了他从废纸篓里藏起的那张皱巴巴的纸头，他摸了摸口袋，纸头还在，但他一字未提此事。

"嗨，都在呢，我姨妈在吗？"

平克尼·佩恩满脸焦急地跑了进来。

"我刚听说，我在找艾米丽姨妈。"

"我在这儿，亲爱的。快过来，我的孩子。"她一把把他拉到沙发旁，在自己身边坐下。

"他们都说什么了，平克？镇上有什么传闻？"洛克伍德问。

"哦，整个镇子都沸沸扬扬的，各种离谱的传言。有人说是自杀，呃，还有人说……不是自杀。到底怎么回事？"

这个大男孩的嘴唇哆嗦着，眼睛环视了一周，众人缄默不语。

"戈登，告诉他吧。"贝茨太太用乞求的口吻说，于是洛克伍德把这起命案的细节大致介绍了一番。

"绝不是自杀！绝不！"平克尼·佩恩郑重地说，"我太了解华林博士了，他不可能自杀。自杀意味着胆小鬼，他绝不是胆小鬼！不，艾米丽姨妈，是谋杀。天哪！太可怕了。"男孩几乎要崩溃了，"姨妈，你是这件事的起因。你当时从那些追求者中间选择了华林博士，我敢肯定，凶手就是你拒绝的人之一。"

"什么，平克尼？你怎么能有这么可怕的想法？别再乱说！"

"可是我就是知道。要是你听到过吉姆·哈斯凯尔和菲利普·雷奥纳多说的话就会明白！我肯定他们想要杀死华林博士。"

"平克，我不许你……"

"姨妈，那是真的。如果是真的，你想不想让他们俩过来，随便哪一个？"

"别说了，平克，别说了！"

"平克，好了，闭嘴吧！"洛克伍德一脸严肃地说，"你的看法根本不可能，即使和那种事有牵连，也别再嚷嚷。那是警探的工作。"

"那倒是，谁是警探？我敢打赌，是那位'瞎眼蝙蝠'莫顿，他就是个睁眼瞎！我来告诉你们，他是个……"

"平克，求你了，别说了。"他的姨妈忍无可忍。

"没事了，亲爱的姨妈，别哭了。我不是想让你担心，只是觉得必须得做些什么……"

"平克，后续会有所行动，"洛克伍德向他保证，"但我现在跟你说，如果你这个毛头小伙子任性插手的话，你会给我们所有人带来麻烦，而第一个受牵累的就是你姨妈。好了，收敛一点。成熟起来，别再冒冒失失的。"

"我就是在成熟起来啊！我也不想偷懒，躺着什么都不干。戈登，听我说。我对侦探的工作知道不少……"

"别说了，平克，"海伦说道，她的话似乎对这个轻率鲁莽的年轻人起了作用，"读几本侦探小说是一回事，破一个真正的、现实中的案子完全是另外一码事。"

"海伦说得对，"洛克伍德赞赏地点点头，"很多人都自以为是天生的妙探，具有破案如神的能力，其实除了好奇心和想象力，一无所有。"

海伦被这番赞赏弄得有点飘飘然，竟开始给平克尼·佩恩上起课来。

她的长篇说教被莫顿的到来给打断了，他前来打探更多关于出走的日本人野路的信息。

"别的仆人在哪里？"他询问佩顿太太。

"只有两个日本人，"她答复，"他们负责做饭、开饭、打扫整个屋子；其他的家务活，由我女儿和我负责。"

"有司机吗？"

"有，不过车库在几个街区之外，而且司机住在他自己家里。"

"野路来这里时间不长？"

"只有几天工夫。"

"他是信得过的人推荐来的吗？"

"他有几封非常好的推荐信，不过推荐人我都不认识，太远了，没法核实。我把他留下试用一段时间。"

"他看上去还老实可靠？"

"看着像……就是有点不太爱说话，闷闷不乐的，让人很难看透。"

"你能想象他杀死了主人吗？如果有机会的话？"

佩顿太太想了一下，说："我能，但我不想说我会怀疑是他干的。他走路很轻，在屋子里总是贼头贼脑的样子，但我又说不出他身上哪儿不对劲。"

"把另一个日本人，那个叫伊藤的，把他叫进来。"

伊藤进来后，面无表情地站着。他举止淡定从容，和戈登·洛克伍德几乎是一个模子里刻出来的。华林曾拿这一点调侃过自己的秘书。

"你以前认识这个野路吗？"莫顿发问。

"他来了以后才认识的。"贴身男仆说着一口流利的英语。

"你喜欢他？"

"谈不上喜欢还是不喜欢。他对自己的工作职责不太了解，不过他倒是肯学，对我挺尊重，也很友好。我没理由讨厌他。"

回答滴水不漏，莫顿从他身上无从下手。

"那么，谈谈他的性格吧，"他说，"你觉得他有谋杀自己雇主的潜质吗？"

"人人都是潜在的罪犯，"日本人声音不高，语调平平，"但是，他不可能杀死华林博士后逃离现场，并把书房从里面反锁上。"

"那么，他为什么要出走呢？"

"这我就不清楚了。或许他是厌倦了这个地方。"

"可他还有工钱没结。"

"是的，这一点让人费解。"

"你可以走了，"莫顿打发走伊藤，下一个轮到洛克伍德，警探没好气地问，"这里谁管事？我该向谁通报案情？"

这个问题犹如在人群中投入一颗炸弹，没人应答，最后贝茨太太上前说道："我想姑且可以称我为管事的。有什么事可以跟我说。"

"你，女士？"莫顿明显大吃一惊。

"是的，作为华林博士有过婚约的未婚妻，同时，还是他的遗产继承人，我想我可以当家做主。同样，我希望所有的事情一律和我汇报，没人比我更想知道凶手是谁。"

"如果他是被谋杀的。"贝茨太太补充道。

这时，佩顿太太也开口说话："莫顿先生，你不必为这个房子是不是有密门或者密道而费心，因为我知道，没有。"

"还存在其他的观点，其他的可能，"警探不如刚才那么神气自信，"现在打个比方，野路送水进去后，偷了东西，杀死自己的主人。假如，只是假如，这个狡黠的日本人设计出一个办法，能把门反锁上，或者说，他从玻璃门出去，然后把门反锁上。"

"怎么反锁呢？"平克尼激动地叫出声音，眼睛睁得大大的。

"比方说，他事先移走了一块玻璃框，毕竟那些框不大。他从落地窗口把手伸进去，然后反锁，我的意思是，又把窗框重新放回去，然后一走了之。"

"切！"男孩嗤之以鼻，"可能吗？"

"当然可能！还有别的办法可以做到。我们现在不能断定事实确实如此，但我想知道的是，这起调查案件由谁领头？"

"我认为贝茨太太不该做主，"佩顿太太颇为恼怒地说，"她还没嫁进门，所以，作为管家，我觉得能当家做主的人是我。"

"可是，贝茨太太，你说你是继承人？"警探问。

"也许刚才我不该说，"艾米丽·贝茨看着有些后悔，"华林博士的律师会告诉你们，确实，我是第一继承人。他在遗嘱里就是这样指定的，你们能在他书桌的秘密抽屉里找到。"

"你知道抽屉在哪吗？"

"我知道。"

"稍后，我将请您指给我们看。既然您是继承人，那么您是这里当之无愧的当家人。"

说罢，莫顿警探离开了客厅。

# 野路去哪儿了？

一天之后，区检察官克雷站在华林的书房里。

书房主人的尸体已经被移走，尸体的防腐处理措施消除掉了额头上的红色环印，克雷未能亲眼看到印记，对此感到非常可惜。

"那是个记号，"他对莫顿说，听者情绪低落，"像那样的印记——凶手留下的——往往意味着复仇。"

"这么说，你认为是谋杀？"这和自己的看法不谋而合，莫顿一下子来了精神。

"还能会是什么呢？莫顿，你瞧，通常命案不是他杀就是自杀，是不是？对不？很好，那么，大多数的线索都指向哪一个呢？简而论之，从自杀的角度看，目前只有房门反锁这一证据。说实话，我是想不通谁能进出这间书房密室，可是，我得说，那是自杀的唯一迹象。现在从谋杀的角度看，我们掌握的情况是，缺少凶器；财物丢失，丢了钱和红宝石；死者额头上的环印。太遗憾了，没能亲眼看到那个印记。印记不是烙上去的，因为尸体防腐剂能把它消掉。"

"哦，是的，没有烙印那么深。看上去更像是被一个冷金属环或者玻璃杯口留下的。"

"太奇怪了，这绝对是个至关重要的线索，因为你瞧，这是最古怪的环节。医生们都断定，印记是在死者仍活着的时候印上去的，那么现在，这该怎么解释呢？"

"我放弃了。对我来说太难了。不过有一点，环口很小，不可能是被茶水托盘里的玻璃杯弄的。我量过大小。"

"我知道，所以我认为这是个复仇的记号。假设犯罪动机是复仇，而复仇的起因是一场争端，在这场争端中，一个小玻璃杯或者茶杯是个重要的道具。当然，就是说说而已，并不一定是玻璃杯或者茶杯，但肯定是个带有环形边缘的东西。如此看来，死者脸上的记号是有缘由的。"

"我听明白了，不过，我是想破了头也想不出来。"

"哦，我不是说这和事实完全吻合，但肯定类似，否则的话，还有其他什么假设可以和案情相符合呢？我们总不能想象是华林博士亲手印上去，然后又杀死自己吧，不是吗？"

"不能。他要是真那么做了，那个印铁——姑且这么称呼它——在哪儿呢？匕首在哪儿呢？"

"对嘛！现在，我提议，把这起命案视为谋杀案，当务之急是追查凶手，然后再去找出进入密室的方法。"

"噗！那间密室……"

"莫顿，你不把'密室'当作一回事，可就大错特错喽。门上了锁，我的意思是，锁得死死的。没有密道，这一点我敢保证。你能想出先移走玻璃框再安装回去的办法，已经算是聪明绝顶，但我得说，我们查看过，没有痕迹表明有窗框最近被重新安装过。所有窗框上的油灰都是以前抹上去的，又干又硬，涂抹均匀。"

"这一点我知道。也许是其他什么地方曾被改装过。"

"想不到还有什么地方。我们检查了所有窗户的框格和门框，所以，到目前为止，我认定这个房间是插翅难逃。但是，尽管如此，我还是准备把它当作谋杀案来开展调查。因为尽管很难解释这一点，不过似乎自杀理论上无法自圆其说的疑点更多。好了，我猜你已经安排了指纹专家过来了？"

"没有，我……还……没有。"

"老天爷啊！你还是个警探嘛！好了，快去找，赶紧叫他开始。脚印呢？"

"书房里的？"

"书房外的也要。至于房间内，我猜已经被二十个人践踏过了吧！"

"厚地毯上无法提取脚印。"莫顿狼狈不堪，嘟囔了一句。

"有些情况下是可以的。擦亮的地板上也能显出脚印。那你这么长时间都做了哪些工作呢？"

"克雷先生，我一直在忙，"莫顿气急败坏地为自己辩解，"从接手这个案子开始，我就没停过，中间只睡了几个钟头。"

"从报警到现在，已经过去了不止二十四小时，那么你接手案子也至少十二个小时了。你都做了哪些工作？"

"很多事情。让我自己满意的一点是，如果这是一起谋杀的话，我调查出，戈登·洛克伍德对案子了如指掌。"

"你认为他有嫌疑？"

"要么有犯案嫌疑，要么有知情不报嫌疑。"

"动机呢？"

"钱。那个年轻人欠了一屁股债。"

"欠谁的钱？"

"商店的钱，比如珠宝店、花店、餐馆。无非是任何一个年轻的浪荡子都会欠下的债务。"

"莫顿，你在逗我呢！洛克伍德可不是那样的人。"

"不是那种人？你被蒙骗了，和其他所有人一样，被他冷静淡定的外表蒙骗了。他目中无人，自恃清高，其实心机很深。没错，老谋深算。"

"好吧，那他是怎么行凶的？"

"用他的笔架，一个光滑、尖锐的银质笔架。还有，他拿走了钱和红宝石。"

"他是如何脱身的？"

"不要拿这个问题为难我！那是他的秘密。可是，我判断，他和那个新来的日本人相互勾结，日本人事后逃走了。"见检察官对此来了兴趣，莫顿添油加醋，"我推断，日本人对华林怀有宿怨，所以他才在博士的额头上留下印记，并且想办法离开房间，反锁房门。对了，前几天我刚读了一个故事，说的是如何从外面转动里面的钥匙，在钥匙柄孔上插一个薄薄的不锈钢块，钢块上系着一根细绳，垂到门的下方。凶手出去之后，拉动绳子，绳子带动钢块旋转门锁上的钥匙，钢块掉到地上，凶手从门下拖动绳子，把钢块牵出来。"

"奇思妙想啊！但这就意味着房门下沿与地板之间要有空隙。"

"我懂，而这扇门没有空隙。但这个故事证明了总有某种办法存在，那种鬼设神施般的聪明把戏。日本人就有这种恶魔般的聪明劲，洛克伍德也有。这两个人合谋在一起，能干出令人瞠目结舌的事情来。事后，洛克伍德木头一样呆板的脸，会让人放松对他的警惕。而那个日本人，我们猜想一下，做不到装作什么事都没发生，于是洛克伍德把他打发走了。"

"很有趣，不过一切都只是推论。"

"快说，你是同意还是不同意？"

"同意是同意，可在做这番口头推论的同时，你在浪费做实地调查的时间。我们还是出去找找脚印吧，我是指任何一个从这个边门进出的脚印。"

"落地窗？在这种天气，没人从那里进出，路上的雪还没铲除。这扇窗大多在夏天才使用。"

克雷打开落地窗。"可是，有人来过这儿。"

莫顿探出头仔细辨认。他怎么会忽略了如此重要的一个细节，雪地里有两行清晰可见的脚印，一行脚印明显是朝着房子走来，另一行是离开的。

"那是你要捉拿的凶手。"克雷不动声色地说。

"哦，不，"莫顿心虚地抗辩，"不可能。没有凶手会从硬结的雪地上进出犯罪现场，从而留下那样明显的脚印！"

"这是不可辩驳的事实。他来的时候，可能并没打算犯案，行凶之后，他仍处在极度的亢奋中，所以无法周详计划万无一失的逃跑路线。"

"好吧，你爱怎么想就怎么想吧，"莫顿索性耍起了小性子，"让我猜猜看，你还推理出凶手是个大高个，蓝眼睛，缺了两颗牙齿。"

"莫顿，别耍赖啦！事实正相反，我推断出凶手是个小个子。这些脚印不大，步距不长。日本人个头都不高，莫顿。"

"再说，这些脚印都是至少一天前的，已经模糊不清，无法给任何人定罪。"

"从踩到雪地上那一刻起，这些脚印没有发生一丝变化。这次的寒潮把所有东西都冻得结结实实的。看看窗框上挂着的霜花，窗檐下垂悬的冰锥，再看看仍覆盖在树木枝条上的凝冰。实际上，从前天晚上过后，气温在稳步下降，趁着还没开始融化之前，我们有幸保留了这些完好无损的证据。我找人来拍些照片。"

"这些脚步确实很小。"经过细致观察后，莫顿表示认同，"你说得对，步距很短，不像是中等个头的人留下的。看着像是那个小日本佬的脚印。"

"脑子开始转过弯了，嗯？你可是玩忽职守啊，莫顿。"

"没那回事，克雷先生。毕竟，我缺少帮手啊。我一个人得应付所有的事情，像第一时间及时问话啦，厘清事实啦。"

"你做的那些事情可以先放一放，这些事更重要。瞧，克里明斯律师来了。我们不妨先找他问问话。不过，不要在书房间，要保持房间不被污染。"

他们在大厅里遇到克里明斯，把他带到了客厅。

谈话开门见山，直接提起了遗嘱事宜，而贝茨太太被要求告知遗嘱在哪个书桌抽屉里。

在律师和秘书的陪同下，贝茨太太指认出那个抽屉，然后洛克伍德用他的钥匙将其打开。

抽屉里有几份文件，但唯独没有遗嘱。

更仔细地搜查之后，还是未能发现类似的文件。

"被谁拿走了？"贝茨太太一脸茫然。

没人可以回答她的问题。其他人一拥而入，克雷要众人立即离场的请求被置之不理。

"我早就知道会这样，"佩顿太太得意地说，"现在，我看你神气不起来了吧，艾米丽·贝茨，'当家的'！"

贝茨太太看着她，昂着头说："我是继承人。我坚持这一点，虽然在遗嘱找到之前我还无法证明。克里明斯先生，是不是你保管着？"

"没有。华林博士坚持由他本人保管。我想不通的是，遗嘱怎么会失踪了呢？"

"壁炉里烧了不少纸。"海伦·佩顿在拨弄着炉灰。

莫顿抢先一步上前查看，似乎担心人人都会抢走他的风头。

"都烧得无法辨认了。"他大大咧咧地说。

"哦？"克雷质疑道，"看上去好像烧毁的是一些法律文件。这一小撮灰显然是一叠纸的残留。"

除了里面曾烧过很多纸张这一点可以肯定之外，再无其他明确的信息可以获得。既然惨案现场被发现之后，这里再没生过火，那就可以推理出，这些文件是由华林博士烧毁，或者由午夜闯入者烧毁，当然是在有这么一个人的前提下。

克雷向律师咨询："在找不到遗嘱的情况下，谁将继承华林博士的财产？财产数目巨大吗？"

"是的。华林博士家产丰厚，"克里明斯告诉众人，"说到继承人，他倒是有一个远方表亲，第二代表亲，在没有遗嘱的情况下，我看他将成为合法的继承人。可是，我知道他留过一份遗嘱，授惠于贝茨太太，还留了少量的遗产给家里的人员及一些邻居。"

"我知道那份遗嘱，"贝茨太太说，"我熟知遗赠的内容。可是，遗嘱去哪儿了呢？必须得找到它！它可不能被烧毁！"

"虽然我们还无从断定这些纸灰是遗嘱的灰烬，但坦白地说，我很担心。"克里明斯满脸焦虑的神色，"如果真是如此，我会很遗憾，因为我刚才提到的那个表亲是个一无是处的年轻人，已故的华林博士一点都不喜欢这个亲戚。他叫莫里斯·特拉斯克，住在圣路易斯。我认为不管怎样，我们还是得通知他。"

"是的，"克雷说，"必须得通知他。不过，拜托，请大家都离开这间屋子，因为指纹专家和摄影师马上要到了，你们这些人在这里多逗留一刻，都在模糊甚至破坏潜在的线索。"

震慑于他的威严，众人鱼贯退出书房，聚集到客厅里。

邻居索顿斯托尔·亚当斯正在那里等着他们。

他省去了开场白，开门见山地说："我过来是有事要告诉你们。克雷先生，你是负责的？"

"是的，老水手，你有什么情况要汇报？"

"是这样，前天晚上，也就是华林博士去世的那个晚上，我睡得很晚，我从窗口望出去，外面光线很亮，因为有雪光、月光什么的，于是我看到了一个人，个头不高，走得不快，样子鬼鬼祟祟。我就一直看着他打我门前经过，往铁路方向走去。他背着一个包，身旁还拎着一个包袱。我本来不会留意到他，但他走路探头探脑的，好像深怕被人看见。"

"是野路？"戈登·洛克伍德看着对方，仿佛一点也不惊讶。

"不敢说是不是他，又像又不像。我去了火车站，站长说华林家的日本人坐早班运奶车走了。"

"他跑了！"莫顿喊道，"几点的早班车？"

"四点半左右。那个家伙大概是十二点半经过我家，虽然我没看表，但我可以肯定，还有，他应该一直在车站待着，然后上了早班运奶车。"

"那个站长看准了是野路吗？"佩顿太太兴奋得难以自抑。

"说了是他，况且在科林斯，加起来也没几个日本佬。"

"是野路，没错。"洛克伍德说。莫顿迅速追问他："你为什么这么肯定？"

洛克伍德狠狠地瞪了警探一眼，说："你，一个警探，竟然问出如此幼稚的问题！我为什么这么肯定？因为这个镇子里的日本人寥寥无几，因为其中之一乘坐早班运奶车走了，因为剩下的日本人都在，而只有野路失踪了。对我来说，不需要超凡的智慧才能推断出跑路的那个人就是野路。"

"那又是谁与约翰·华林博士的死有着千丝万缕的联系？！"被洛克伍德的冷嘲热讽弄得气急败坏，莫顿反唇相讥，"先生，除非你把有些事情解释清楚，否则你与这起卑鄙的案件也脱不了干系！"

"什么事情？"戈登·洛克伍德问，原本苍白的脸变得煞白。

"首先，先生，你有厚厚一摞未付的账单。"

秘书的脸色不再苍白，恼怒的气血涌了上来。他紧紧地攥着双拳，努力想维持平日的镇定，但在这个时刻，他难以做到。

"我有那些账单又怎么样呢？"戈登·洛克伍德大声喊道，"你怎么知道的？你搜查了我的房间！"

"当然，"莫顿说，"我警告过你，我会有所行动。"

"可是，在我不在场的情况下！"

"法律并不总是讲排场。"

"算了，洛克伍德先生，"克雷出来打圆场，"别太激动了。"

戈登·洛克伍德听了，不禁哑然失笑。有人劝他别太激动！他，一个从不允许自己表露出一丝情绪波动的人！绝不！

"克雷先生，我不激动，"此时他已恢复了常态，"我只是有些气恼，在我不知情的情况下，我的私人文件被搜查。当然我是可以……"

"不必纠结那些繁文缛节，洛克伍德先生，"克雷解释道，"是在获得搜查令的前提下才去搜查你的物品。那么，关于那些账单……"

"无可奉告。有未付的账单又不犯法。"

"可是，偷窃五百美金和红宝石领带夹去支付那些账单却是犯法的！"莫顿愤然驳斥，然而洛克伍德却没有进行反驳，完全不理会警探的话，仿佛没有听到似的，他反而去问克雷。

"找到什么证据可以把我定罪了吗？"他问。

"还有什么证据是有待发现的？"克雷听出了言外之意。

"这得让你的大侦探说了才算，我什么都不知道。"

"好吧，你的又圆又尖的笔架算是一个；还有，你有所有书桌抽屉的钥匙；还有，案发当晚，只有你和那个日本佬进出过书房。这些都是摆在明面上的事实，而你的财务窘况是经过搜查发现的，所有这些明的、暗的加在一起，就构成足够的理由来启动对你的调查。"

"不必拐弯抹角！"洛克伍德双唇紧闭，冷冷地盯着区检察官，"我宁可被明确的罪名指控，也不愿背着不确定的嫌疑。"

"洛克伍德先生，我们目前还没有掌握充分的证据来指控你，所以必须对你进行问讯。"

"充分证据！你们压根就没有任何证据！"

"哦，我们掌握了一些。"克雷一转头，示意站在客厅门口的那个人。

那个人进来递给克雷一份报告。

检察官翻看了一下文件。"洛克伍德先生，我们在华林博士书桌旁的椅子上，提取到了新鲜指纹，看似曾有人坐在那里和他说话，那个人是你吗？"

"不是我，我从来都不会坐着和他说话。我总是在帮他做事，像找书、抄录信件什么的，不管在干什么，我要么站着，要么坐在我自己的书桌旁，但从不坐在你说的那把椅子上。"

"这位将采取在场的每个人的指纹。"检察官下达了指令，无人违抗，乖乖服从。

老水手亚当斯在一旁看得津津有味。

"可是你们采集不到日本朋友的指纹啊，"他说，"我们做了也白做，他一个人就比我们所有人加在一起还重要。对了，还有我，我搞不懂为什么我也被牵扯进来呢？"

然而，在走完了所有的流程之后结果发现，原来那把亮锃锃黑檀木椅子上的可疑指纹是戈登·洛克伍德留下的，这一点毋庸置疑。上面还发现了他人的指纹，略小一些，克雷立马断定那些是失踪的日本人留下的。

洛克伍德显得比平日更加自负清高，但他是在强作镇定。

"你怎么能够认定这些指纹属于不在场的人呢？"他一副难以置信的样子。

"是假定，不是认定，"克雷一本正经地说，"我们正在缩小范围，会得出认定的。"

"捉拿日本佬归案，"老水手亚当斯建言，"克雷，那是你的下一步行动。抓住他，验他的指纹，把该采取的措施都干喽，最好能让他招供。你下一步就该这么干。"

"去找华林博士的遗嘱，"贝茨太太哀求道，"那才是你应该干的。我不是唯利是图，华林博士坚持把遗产留给我，坚持婚前立遗嘱对他意义重大，正是因为我理解博士想把一切都毫无保留给予我的迫切心情，我才不肯把财产放弃给克里明斯先生刚才提到的那个远房亲戚，华林博士压根就不喜欢他。"

"我也赞同不要放弃！"克里明斯斩钉截铁地说，"如果特拉斯克先生继承了原本属于贝茨太太的遗产，那可真是太气人了！这次为了维护正义，我会竭尽全力。"

"可是你瞧，正义仅仅是由遗嘱决定的。"克雷说。

"没错，"克里明斯附和道，"整个案件有了新的思路。这位远房亲戚特拉斯克，会不会销毁了遗嘱、谋害了血亲呢？"

"这倒是个新的破案方向，"克雷若有所思地说，"我们会就此展开调查，你大可放心。我们立即着人去联系这个表亲，你提供一下他的地址，然后调查清楚在华林博士死亡当晚，他人在何地，在干什么。我们目前还有一个谜团没有解开，那便是密室里是否有出口。虽然凶手来自家庭内部的说法更为合理一些，但新的嫌疑人的出现，为本案带来了新条件，或者说是新证据，给我们指明了新的调查方向。总而言之，找到莫里斯·特拉斯克先生，刻不容缓。"

# 一封情书

"听我说，艾瑟儿，"老水手对妻子说，"华林家的那桩案子真是稀奇古怪哪！"

"说什么呢！我倒是觉得对我俩来说，既然我们了解约翰·华林，也喜欢他，你就不该搅合到奇案里去！至于我嘛，我不在乎是谁杀死了他。他已经死了，不是吗？没法让他重新活过来亲手绞死凶手。要我看的话，从案情和证据就知道，这事和邪教有关，不管他们怎么叫这个词。他们现在怀疑谁？你？"

亚当斯颇为不满地看了看妻子："妇人之见！毫无正义感，毫无义愤！难道你不明白凶手必须缉拿归案，接受惩罚吗？当然，在这是一起谋杀的前提下。"

"当然是谋杀！那个幸福的男人绝不会自杀！再说，他要娶的可是艾米丽·贝茨，一位淑女，天下第一淑女！"

"得了，艾瑟儿，我说，你该干啥干啥去，别在这儿唠叨个没完。他们说了，那个从华林家逃走的日本佬在雪地里留下一串脚印。积雪冻成硬块，你知道的，那些脚印就和刚踩上去一样清清楚楚。"

"呵呵！脚印！科林斯到处都是脚印。"

"没错，可是这些……听好了，艾瑟儿……这些脚印直接从华林家出来，一直到我们这座房子。然后又直接回到华林家。"

"怎么可能？"亚当斯太太一时摸不着头脑，"那个日本人没到过这里来啊。"

"那可说不准他有没有来过。听着，艾瑟儿，奥斯汀小姐在哪儿？她在干什么？"

"奥斯汀小姐？她在自己的房间里。她这一两天都不太舒服，一直在楼上房间里用餐。"

"她哪儿不舒服？"

"她说偶感风寒。索特，我看不透她。不过,她和这事有什么关系？"

"亲爱的，不要去惹她。你和巴斯科姆老是喜欢去找她的茬！她又

123

没招谁惹谁！"

"就这才奇怪呢！我可不喜欢神神秘秘、不知底细的人。"

"好吧，她是那样的人，这一点上我和你看法一致。你和她提起过华林博士吗？我猜想她不感兴趣。"

"我敢说她很感兴趣！知道吗？那个女孩把他的照片从报纸上剪下来，贴在梳妆台上，后来她发现我看照片的眼神有点不高兴，她才把它藏起来。"

"可怜的孩子！连一张剪报都没有，虽然她很想得到一张！艾瑟儿，你太霸道了！你要是敢对我呼来喝去的，有你好果子吃！"

两人对视，"噗嗤"一笑，证明这样的事情绝不会发生在他俩之间，接着，老水手继续这个话题："老婆，我想你还是最好把这个惨案告诉她。我觉得应该有人去告诉她。"

亚当斯太太瞪着他："其实，我是打算去告诉她的。不过我就不明白了，你为什么对这事这么上心？"

"早上好，奥斯汀小姐，"不久之后，这位好心的太太上楼来了，"今天早上感觉好些了吗？"

"是的，谢谢。感冒快好了。"

女孩身着一件和式绣菊丝绸睡衣，坐在窗户旁的安乐椅上，懒洋洋地望着白雪皑皑的窗外，田野的另一头。

亚当斯公寓坐落在小镇的郊外，与华林的房子之间隔着一块宽阔的田野。

"听说过华林博士的消息了吗？"亚当斯太太故作漫不经心地说，实际上在密切关注这女孩的反应。

"没有，怎么了？"

回答简洁，语调平稳，但奥斯汀小姐的双手紧紧攥着椅子的扶手，脸色变得煞白。

"怎么了，是什么让你这么不安？你不认识他，是不是？"

"我……我听过他的演讲，你知道的。快告诉我……是什么……什么消息？"

"他死了。"亚当斯太太成心直截了当地说出结果。她隐约感觉到，这个怪人，这个神秘女孩，比她口头上所声称的更要关心华林博士，于是房东太太打定主意要把真相查清楚。

令她心满意足的是，她的确有所收获，因为那个女孩听了消息后，几乎昏厥过去。她并没有完全失去意识，凭借尚存的一丝意志力，极力保持镇定，掩饰内心的慌张。

"哎呀，奥斯汀小姐，你为什么反应这么大呀？对你来说，他就是个陌生人而已，不是吗？"

"是……是的，当然。"

"那你为什么这么慌乱？"

"他是个……是个好人……"女孩哽咽着说不下去。

"唉，是被人杀死的。"

听到这，奥斯汀小姐仿佛石化了。"被杀死的？！"她惊恐地低声说。

"是的，也可能是自杀，警方还不确定。"亚当斯太太一旦打开话匣子，便知无不言，谈兴如此之高，几乎忘记观察小听众的反应。

但是有人看到了她的反应。房门半开，老水手亚当斯站在门外偷听，但他的神色显露出关爱、焦虑，不怀有丝毫恶意。

他留意到女孩开始神志恍惚。她的脸苍白得令人怜惜，满脸憔悴惊恐，没多久，她崩溃了，爆发出神经质般的怒喊："别说了！请别说了！出去，拜托了！"

这不是命令，而是痛苦的乞求。亚当斯太太吓了一跳，既觉得受到了惊吓，又觉得受到了冒犯，她起身走向门口，恰好和她的丈夫迎面撞上。

"艾瑟儿，下楼去，"他严肃地说，"我来和奥斯汀小姐谈谈。"

看看女孩，又看看丈夫，亚当斯太太完全被事态的急转直下弄懵了，只好黯然退场。

老水手关上房门，转身面对瑟瑟发抖的女孩。

"奥斯汀小姐，"他轻声说道，"我喜欢你，我想帮你，但我必须请你简单介绍一下自己，住在我这里的人都叫你神秘小姐。你为什么要来这里？你来科林斯的目的到底是什么？”

有那么一刹那，女孩似乎有意对他友好温柔的态度和问题作出回应。紧接着，她把话咽了回去，秀丽的面孔如石头般冷硬，她答道："这个问题有点唐突，但我没有理由不回答。我是一名美术学生，我到这里来画新英格兰冬季的风景画。"

"你画得多吗？"

"我来了还不到一个礼拜，一直在挑选合适的地点，况且，有两天我还感冒了。"

"你是怎么感冒的？"声音很和蔼，但语气不容置疑，仿佛在期待一个确切的答案。

神秘小姐看着他。

"人通常都是怎么感冒的？"她试图挤出一个微笑，"或许坐在风口太久，或许感染了病菌。我现在几乎痊愈了。"

"也或许在雪地里行走，把脚都弄湿了。"亚当斯先生旁敲侧击，女孩惊慌失措地看着他。

"别说了！"她大口喘着粗气，"别说了！"她哀求着，哀怨的眼神在乞求他不要再折磨自己。

"咋啦？我说了什么伤害了你？"他不依不饶地说下去，"不感兴趣的地方你是肯定不会去的,是不是,神秘小姐?"

他意味深长地说出最后两个词,那双黑色的大眼睛看着他,犹如陷入困境中的小鹿般惶恐茫然。

很快,女孩再次拼命控制住自己的情绪,冷冷地开口道:"亚当斯先生,有话请不妨直说。你的话里有什么特别的意思吗?"

"有,奥斯汀小姐。或许我没有权利问,但我必须要问,你为什么要去华林博士的家,大半夜的,在前天晚上?"

"你是指礼拜天晚上?"

神秘小姐稳住了声音,但紧握的双手和拍打地面的一只脚出卖了她内心的忐忑。

"没错,礼拜天晚上。"

"没去,确实,那天晚上我没去那里。我是下午去的,和贝茨太太、佩恩先生一起。"

"这个我知道。当时是你和华林博士第一次见面吗?"

"第一次。"说着,她垂下了头。

"你这辈子第一次?"

"我这辈子第一次。"听上去底气不足,仿佛在自我否定。纤长的黑色眼睫毛盖在苍白的颧骨上。失去血色的双唇颤抖不已,似乎安妮塔·奥斯汀作出了重大伪证,她再也给不出令人信服的证据来自圆其说。

老水手却一脸慈爱地看着她。她那么稚嫩，那么娇小，那么孤独……那么神秘。

"我实在是捉摸不透你，"他摇了摇头，"但我是护着你的，奥斯汀小姐。"他斟酌了一下措辞。"我是说，如果我发现有对你不利的情况出现的话。我觉得我得告诉你，有人在针对你。"见女孩吃惊地抬起头，他说，"是的，在这座公寓里，你已经结下了对头。这不奇怪，瞧你都是怎么待人处事的！你怎么就不能随和一点？合群一点？"

"随和？合群？跟谁？"

"跟所有的寄宿者啊！这里有年轻的洛克伍德，还有一个年轻人泰勒……"

"是的，是的，我认识。我会……亚当斯先生……我会争取合群些。现在，关于……关于华林博士……他为什么要自杀？"

老水手审视着她，说："我们目前不知道他是不是自杀。"

"不过，亚当斯太太把所有的相关细节都说给我听了。"她打了一个寒战，"要是他待的那个房间是一间密不透风的密室，只有破门才能进入的话，那么，怎么可能是……旁人干的呢？"

"奥斯汀小姐，在死者的颈部发现了一处致命伤口，就在右耳下面，伤口造成即时昏厥，也几乎使人当场毙命，而且房间内没有找到任何可以制造出那样伤口的武器，那么，怎么会是自杀呢？"

"你更倾向于是哪一种呢？"这个奇怪的女孩问道，一脸严肃地看着他。

"嗯，在我看来……我是个老派的人……自杀往往意味着懦弱，而华林博士根本就不懦弱，这一点我可以发誓！"

"不，他不是……"

"你怎么知道的？"

神秘小姐被这个冷不丁的问题吓了一跳。

"我听过他的演讲，你知道的，"她解释道，"而且，我还在他的家里见过他，礼拜天下午，他看上去是个好人，很有修养的人。"

"奥斯汀小姐，"老水手起身准备离开，"我直言不讳地说，你对我而言是个谜。我看人的眼光很准，不论是男人还是女人，可是像你这样一个小丫头，行为这么古怪，我真是猜不透。对了，我恰好知道……"

见姑娘的脸色剧变，他立马打住，尴尬地结束了谈话：

"没事了，我不会说的。"

说罢这句语义含糊的话，他走了。

"你都跟她说了些什么？"亚当斯夫妇在他们自己的小起坐间里一见面，深受委屈的妻子便上前打探道。

"呃，没什么，"老水手敷衍道，他忧虑的眼睛恳切地看着她，"艾瑟儿，我相信她没干什么错事。"

"可是，我相信她干了，而且闯了大祸。知道吗？索顿斯托尔，巴斯科姆小姐声称，亲眼看到奥斯汀小姐上礼拜天晚上从那片地里穿过。"

"她没看见！我一个字也不相信！那个爱嚼舌根的老处女，到处搬弄是非！"

"别急。你不肯相信，是因为你怕我们迟早会发现神秘小姐身上不对劲的地方。"

"艾瑟儿，听着，"亚当斯认真地说，"你要记住，她是个小姑娘，身边没人维护她。你懂的，几句没影的话就会惹出大麻烦来。我们也不想那个可怜孩子的名声被无中生有的谣言给糟蹋了。我不信莉莎·巴斯科姆看到她在礼拜天晚上出去了！我打赌，连她自己都不相信！"

"好吧，反正我信。莉莎·巴斯科姆不是个傻子……"

"她比傻子还要坏，是个无赖！她恨小奥斯汀，为了伤害那个姑娘，她什么话都能说出口，不论青红皂白。"

"可是，索特，她说她看见奥斯汀小姐身上穿戴着毛皮大衣和帽子，穿过那边田地去华林家，就在礼拜天晚上……深夜。"

"她有证据吗？"

"那我就不知道了。不过她看见她了。"

"她又怎么知道那个人是奥斯汀小姐？很可能是和她长得差不多的人啊。"

"你知道那些脚印。"

"日本佬的脚印?"

"谁也不能肯定那些脚印是日本人留下的。巴斯科姆小姐说,那些是奥斯汀小姐留下的。"

"艾瑟儿!"老索顿斯托尔·亚当斯怒气冲冲地站起身,"你把那个姑娘的名字和华林的事情牵扯到一起,你不感到羞愧吗?就算她礼拜天晚上真的外出,就算巴斯科姆小姐真的看到她,你也不要大肆声张。如果那个女孩做了错事,不用我们帮忙,事情迟早会败露;如果她没做什么坏事,我们就更不应该把注意力引到她身上。"

"索特,她不会是……不会被牵连吧?"

"绝不会!"他暴跳如雷,"艾瑟儿,你太让我吃惊了。那个巴斯科姆小姐冲昏了你的头脑。她就是个蛇蝎毒妇!"

他气冲冲地走出房间,穿上厚厚的外套,向镇上蹒跚而去。

戈登·洛克伍德待在自己的房间里不出来。这让清洁女工卡莉很不快,她等得不耐烦,因为她急于干完自己的活。

洛克伍德自己也很不耐烦,因为他急于赶去华林家,那里将有很多事情要处理,一大堆的信件将涌入,还有蜂拥而至的记者和访客,各种采访、谈话是免不掉的。

然而他却按兵不动,就待在亚当斯太太舒服的公寓房间里,房门紧闭，大脑一片空白。

那张他在莫顿警探鼻子下从书房废纸篓里藏起来的纸团，已经被他看了一百遍。

但凡那位警探稍微具备一些职业素养，就不会放任这种公然盗窃的行为发生。

此刻，洛克伍德手里握着那张纸条，不知道该如何处置。

信上的内容令人震惊。

信函如下：


我亲爱的安妮塔：

今日下午，第一眼看到你棕色的双眸，我的内心便种下了爱慕的种子。生命是值得的——因为有你在这个世上！然而……


仅此而已。这封未完的信被揉成一团，扔进了废纸篓里。有没有另写一封信？并且写完了？安妮塔收到信了吗？对了，这就是她这两天一直待在房间里不出来的原因吗？她是不是一个荡妇？哦，他多么痛恨用这个字眼来形容她！在科林斯逗留期间，她有没有私下和约翰·华林相识，把他迷得神魂颠倒，竟给她写了这样一封情书？再或者，

133

他们俩是旧相识？真是迷雾重重啊！

笔迹是毋庸置疑的。洛克伍德熟悉博士的笔迹，如同熟悉自己的笔迹一样。这张纸头是在废纸篓的最上面找到的，所以它肯定是死者生前写的最后一封信，或者准确地说，他废弃的最后一封信。

这就意味着，在礼拜天晚上，他一直在写信。由于熟知日常流程，洛克伍德推断出，如果博士又写了一封信，并且写完了信的内容和信封，那么按正常流程，信会和其他待邮寄的信件放在一起，由伊藤第二天一早寄出。

太大意了，居然没有去问伊藤这件事。

翌日清早收集放在小桌几上的邮件、再投入邮筒，这对贴身男仆来说，是一件雷打不动的职责。

伊藤寄过信吗？这事必须得核实一下。

相比之下，更让他伤脑筋的是摆在眼前的那封信。怎么可能，约翰·华林，德高望众的学者，幸福的准新郎，怎么会爱上这个神秘的女孩？

其实，尽管发出这样的疑问，戈登·洛克伍德心里早已有了答案。设身处地地想，他明白任何一个脑袋上长着两只眼睛的男人，都会不可救药地爱上那个迷人、妩媚的女性。

他思考着，渐渐意识到原来自己也爱上了她。是的，从第一眼看到她起，就爱上了。就在那一刻，他坐在演讲厅女孩的后排，数着她漂亮裙子后背上的奇怪珠子流苏的那一刻，就开始爱上了。

流苏！脑子里突然闪现出这个念头时，洛克伍德不禁呻吟了一声。

他一跳而起，带着坚毅的神情，他打算把约翰·华林亲手书写并扔掉的信给烧毁，这封信太令人费解了。

这间老式屋子里有一个空荡荡的壁炉，洛克伍德擦燃一根火柴，点着纸头，把它烧成灰烬。

之后，他去了华林的宅子。

约莫一个钟头过后，卡莉向巴斯科姆小姐汇报。

"发生了一件怪事，"女孩说着，眼珠骨碌转动看向急不可耐的听众，"洛克伍德先生烧了些文件，奥斯汀小姐也烧了一些文件。"

"那有什么奇怪的？"巴斯科姆小姐责怪道，毕竟她指望能听到更耸人听闻的消息。

"嗯，他们俩同时烧毁文件，这可够奇怪的。还有，两人都鬼鬼祟祟的。洛克伍德先生出门的时候，不停地扭头看看壁炉。我进了奥斯汀小姐的房间，看见她正蹲在壁炉前，见我突然进来，她吓得跳起来，好像中枪了一样。还有，巴斯科姆小姐，不管她还烧了什么，反正她把华林博士的相片给烧毁了。"

"她有博士的照片？"

"没错，诺拉扔掉了她从报纸上剪下的那张相片之后，洛克伍德先生又给了她一张。"

"那个女孩究竟要华林博士的照片干什么呢？"

"女士，我不知道，我猜想，是他们说的英雄崇拜。就比如我有几张哈罗德·梅辛杰的照片，那个演山洞人的影星。天哪，他可真帅哪！"

"所以，奥斯汀小姐把约翰·华林的照片给烧了？"

"没错，女士。你知道，那些照片很难烧。反正，她跪在壁炉旁边，那照片冒烟冒得可猛了。"

"'小姐，我来帮你吧。'我非常有礼貌地说。你能想到吗？她一把抢了回去，说：'离我远点，出去！'反正就是类似的话。哦，她完全疯了！"

"她的脾气可不小哩！"

"可不是嘛，女士。脾气大得很。一转眼，她又笑嘻嘻的，甜美可人。我得说，她的性子古里古怪的。"

"好了，卡莉，到此为止，别多嘴多舌的。"巴斯科姆小姐确信自己已经从女仆嘴里掏出所有的话之后，下楼去找亚当斯太太搬弄口舌。

这次，房东太太态度似乎不是那么积极，因为她牢记着丈夫给她的警告。然而，巴斯科姆小姐关于烧照片的故事将她的好奇心激到了最高点。

"那个女孩确实古怪。"亚当斯太太评论道,听者点头如捣蒜。

"我们上楼找她谈谈。"巴斯科姆小姐建议,犹豫片刻,亚当斯太太上楼去了。

"直接进去吧。"巴斯科姆小姐小声说,于是她们推门而入。

神秘女孩躺在沙发上,双目紧闭,脸庞上仍挂着泪珠。她没有动弹,观察了一阵,确认女孩睡着了之后,巴斯科姆小姐厚颜无耻地打开了梳妆台上顶层的一个小抽屉。

亚当斯太太惊讶得倒吸一口气,慌乱地比画着示意她快停下,但是巴斯科姆小姐的手指迅速地翻动着面纱和手帕,从里面抽出一大卷钞票,上面绑着一根橡皮筋。

安妮塔·奥斯汀的眼睛突然睁开,定睛看了一眼那个贸然闯入的女人,便从沙发上一跃而起,如同一头敏捷的老虎扑了过去。

"好大的胆子!"她怒吼着,从巴斯科姆小姐手里一把抢过钞票,而那个老小姐正喜气洋洋地把钱展开。

从这卷钞票的中间,掉落下一个东西在漆木地板上,一枚红宝石领带夹。

# 神秘女孩是谁？

亚当斯太太两腿一软，瘫坐在椅子里，双目圆睁，惊恐万分。

巴斯科姆小姐此时俨然变身为发号施令者，手指着神秘女孩，指控道：

"这你还有什么好说的？"

"没有，"安妮塔·奥斯汀冷冷地说，"除了让你们离开我的房间。"

"离开你的房间，说得对！我很高兴离开！我知道该去哪儿。"

巴斯科姆小姐大步流星地冲出房间，脸上坚定的神情表露出她内心急不可待想要去的地方。而五分钟后，她便出门上路，往镇里走去。

亚当斯太太仍未从震惊和沮丧中恢复过来，一脸歉意地看着安妮塔。望着女孩的脸色，她欲言又止，原本想说一些宽慰的话，但实际说出口的却与本意截然相反：

"你必须离开这座房子！你到底是什么人啊？小偷？凶手？"

"哦！别赶我走！"安妮塔举起手，仿佛在防御肢体上的攻击。

严酷的话语刺痛了她的神经，她立即意识到自身所处的危险，于是，她哭了，哭得楚楚可怜："哦，亚当斯太太，帮帮我，保护我，好不好？我不知道该怎么办，我就一个人，孤苦伶仃……"

她跌坐在椅子里，把脸埋在手中。

艾瑟儿·亚当斯一时没了主张。她是该保护这个有罪的女孩——一个来路不明的姑娘，还是替其他寄宿者着想，马上把女孩从自己家里打发走，以免连累到其他人？

当然，她的首要职责是保护其他人，那些人都知根知底，已然把她的公寓当成自己的家和安全港。

"哦，不要！请不要赶我走！我还能去哪儿呢？小旅馆也不肯收留我！"

"他们当然不肯！回家吧！你没有家吗？对了，你到底是谁啊？算了，我不在乎你是谁，你今天必须离开这个房子，今天上午。你听见了吗？"

与此同时，行正义之举的巴斯科姆小姐已经一路小跑，赶到了区检察官办公室。

可到了那儿，她却被告知，克雷先生目前人在华林的宅邸，于是，她决定赶过去。这个小插曲并没有令她不快。她渴望成为众人注目的焦点，而她要说出的故事将使她当之无愧地站在聚光灯下。

佩顿太太态度冷淡地接待了她，毕竟两人还称不上是朋友。

"我过来见克雷先生，"巴斯科姆小姐宣称，"事情紧要。"

"哦，好的。"管家太太回应道，"请坐，我去请他来见你。"

巴斯科姆小姐在客厅里等候，对自己所掌握的情报的重要性信心满满。

检察官一见到人便知晓了她所带来消息的价值，因而热情地上前迎接。

用加重的语气，再夹杂着无数负面的个人看法，莉莎·巴斯科姆讲述了在奥斯汀小姐梳妆台抽屉里发现钱和红宝石领带夹的经过。

"难以置信！"克雷点评道，"她是谁？"

"没人知道，那才是最古怪的地方。我们都喊她神秘女孩。"

"她从哪儿来？"

"没人知道。她从天而降。"

"亚当斯夫妇知道吗？"

"不知道。"

"你是说，她是个小姑娘？"

"她看上去很年轻，但对于那些诡秘的人，很难判断出他们的年龄。依我看，她把自己捯饬得比实际年龄要小好几岁。"

"她认识华林博士吗？"

"我哪知道啊？礼拜天晚上很晚的时候，她到过这座房子，因为我看见她……"

"老天哪！你确定吗？"

"嗯，当时外面挺亮的，天上有月亮照着，地上都是雪，你知道的，我看见她，浑身上下都裹在她的那件毛皮大衣里，从这座房子里偷偷摸摸地走出来……"

"有多晚？"

"呃……亚当斯公寓里每个人都上了楼，每盏灯都熄了之后。"

"你看到她回来了吗？"

"没有。那时我没太把这当作一回事，她那人平时总是疯疯癫癫，而且……"

"你说疯疯癫癫，是什么意思？"

"嗯，她很怪，和其他人都不一样。在公寓里，她不肯和任何人打交道……"

"那可算不上疯疯癫癫。"

巴斯科姆小姐不耐烦地耸耸肩："我不是说她发疯或者神经错乱。我的意思只是说她言行神神秘秘、鬼鬼祟祟。吃饭的时候，她不和任何人交谈，不过她会和戈登·洛克伍德眉来眼去，故意冷落泰勒先生，他可是个好小伙儿。他们俩都很仰慕她，人人都能看得出来，可她却视他俩如草芥。"

"那么，会不会是个女冒险家？"

"不知道。不过我真真切切地知道她是个贼，否则的话她怎么得到的那些钱和红宝石？"

"会不会是华林博士送给她的？"

"那她就是个没有道德的女子。他为什么要把那些东西送给一个怪女孩？"

"如果他爱上她了呢……"

"你瞧，克雷先生，拜托有点常识！华林博士马上就要和贝茨太太结婚，她人美心善，年龄也相当。他会为了爱情，大半夜的见一个轻浮的小丫头？"

克雷犹豫着，没有把心里的话说出来，但他回想起自己以前曾听过类似的事情。他觉得巴斯科姆小姐是个涉世未深的老小姐，不过这也的确是一条值得调查的新线索，必须把安妮塔·奥斯汀小姐纳入案情之中，需认真对待。

"巴斯科姆小姐，"他说了一通外交辞令，"我必须请求您对整件事情都保持沉默。您必须明白，如果警方信任镇子上任何一个人的话，我们是不可能破案的，甚至连这所房子里也不是所有人都能信任。"

"别忽悠我，斯蒂芬·克雷！我了解你们这号人。你要我别声张，是因为你想给那个女孩脱罪！我太了解你们这些男人！就因为她生得一双大大的黑眼睛，苗条的身材，你就心甘情愿地帮她遮掩罪行，让她逍遥法外？我不吃这一套！那个女孩子要么偷了那些东西，要么是以不体面的身份从可怜的约翰·华林那里得来的……"

"莉莎·巴斯科姆，你在胡说什么呀？"

佩顿太太出现在门口，显然她一直在偷听，虽然她在提问，但已经知道了答案。

"没错，"她继续说下去，"我一直在门外听着，我庆幸自己这么做了。首先，我不容许华林博士的名声受到诋毁；第二，如果这个案子牵扯到一个女孩子，和她有关的全部真相必须公之于众！我知道那个女孩，她礼拜天下午来过这里，是个冒失莽撞、脸皮厚的丫头片子，我再也不想见到她！"

"她来过这里？"克雷一时困惑了，"你认识她？"

"她身上我该知道的，我都知道。"佩顿太太宣称，"是的，她来过

143

这里，和艾米丽·贝茨、平克一起过来的。她不肯放下身段和我们打交道，举止清高，在我看来，又蠢又笨。"

"别犯傻，"巴斯科姆小姐插嘴道，"她可一点都不蠢笨！不管那个女孩是什么身份，她都聪明绝顶！我看得清清楚楚。"

"奥斯汀小姐在这儿的时候，华林博士也在场吗？"苦了克雷，努力要理出头绪。

"在，"佩顿太太回答，"当时发生了一件怪事。当他第一眼看到她的时候——要知道是在毫无预知的情况下——他失手摔落了手里的茶杯。"

"因为两人相遇？"克雷问。

"不知道，"佩顿太太说，"他后来说以前从未见过那个女孩，可是……反正我不信她那天晚上又回到过这里！"

"她当然没有，"克雷说，"她进不来，除非有人放她进来。"

"书房里有一扇落地窗，"佩顿太太不是很有把握地说，"华林博士可能把她从那里放进来……"

"哎呀，他没有那么做！"巴斯科姆小姐言之凿凿，"主啊！我从小就认识约翰·华林，他不是那种会和轻佻的年轻女人有瓜葛的人。"

千真万确，莉莎·巴斯科姆认识华林多年，大部分时间都在极力劝说他，为了她结束单身汉生活。

然而，她的话并没有对克雷检察官产生多大作用，因为他暗想，比起这个固执已见的老小姐，他本人对男人的了解或许更透彻些。

"巴斯科姆小姐，"经过一番深思熟虑后，他说，"还有佩顿太太，我要请你们……我要命令你们，在华林博士的葬礼之前，对此事保持沉默。葬礼明天举行，我需要一两天的时间来暗地里调查此事。仓促行事的话，我们可能一无所得。当然，我会去找奥斯汀小姐，请放心，如果她有任何犯罪行为，她都将落入法网。只是，不给嫌疑人任何解释的机会就指控她，是非常不妥的行为……"

"那个红宝石领带夹和所有的钱是明摆着的，不需要解释，根本就没有人陷害那个女孩！"巴斯科姆小姐激动地大喊。

"总之，我是负责人，我禁止你谈论奥斯汀小姐与此案有关的任何事情。"

克雷深谙如何吓倒这些好战善斗的女人，他甚至还暗示，若违反他下达的明确指令，她们将惹祸上身。

他回到书房，戈登·洛克伍德正在房内翻看上午投送的邮件。

这位秘书的工作很繁忙，他已故的雇主兴趣爱好多样，每一次邮件送达都带来大量的信件、邮购目录、广告单和各种报纸，这些都要仔细处理。约翰·华林收藏珍本书籍和其他古董书，所以对几家出版社很感兴趣。

对于这里面大多数的通信者，洛克伍德只须发出博士死讯即可。而另外一些人则需要细致、智慧的甄别，洛克伍德自觉地没有越俎代庖。

书房已经恢复了原样，惨案的所有痕迹均被一一清除。书桌上的那些书，包括溅有血迹的马提亚尔书卷，在洛克伍德考虑了一下之后，都放回到书架原来的位置。

洛克伍德鼓起勇气，决定占用华林的书桌，尽管这样做令他不寒而栗，但毕竟会给自己的工作带来更大的便捷。

他正坐在书桌旁，见克雷进来，便扬起他那张冷峻的面庞，并注意到检察官情绪颇为兴奋。

"老天，洛克伍德，"克雷大呼小叫，随手关上了房门，"又有了新的侦查方向，看起来有希望理清很多事情。你认识那个和你住在同一家寄宿公寓里的小丫头吗，叫奥斯汀的？"

"略知一二。她怎么了？"

从洛克伍德的声音里，没人可以疑心到此时他的心脏在绝望地怦怦乱跳。

"哎呀，她在礼拜天的深夜，来过这里！你知不知道这件事？"

"一无所知。"洛克伍德语气冷淡地回答，"我不相信这件事。因为，假设她曾来过这里，我就应该知道。我本人就在这里，就在书房门外，一直待到十一点钟。你是说比那更晚的时间，是吗？"

"不清楚。那个巴斯科姆老小姐说的……"

"那就别抱太大希望。本人对巴斯科姆小姐一向尊重有加，但据我了解，她可不是一个可靠的信息源。"

"不过她说，她亲眼看到那个女孩在那天深夜到这里来……"

"她没来！不是真的！她究竟为了什么目的到这里来呢？"

"通常一个女孩子为什么要来见男人呢？"克雷不怀好意地眨眨眼，洛克伍德强压住想跳过去掐他的喉咙的疯狂念头，"再说，那丢失的五百美金和红宝石领带夹目前恰好在她手中。"

"我不信！"

"你瞧，洛克伍德先生，不管你信还是不信，其实都不重要。奥斯汀小姐持有这些财物，我马上动身去找她问话，看那些东西是怎么落入她手里的。还有，我刚刚想到，那些穿过田地的小脚印，是通往亚当斯公寓的，按照我们原先认为是小码鞋的推定，这些也有可能是一个女人的脚印。"

"那些是野路的脚印。"

"你怎么知道的？"

"根据常识。退一万步说，奥斯汀小姐不论为了何种原因，确实来过这里的话，她应该从大街上过来，而不是从雪地里穿过来。"

"很显然，她选择了雪地。所以，我得去问问她为什么。"

"好吧，克雷，但你得承认，你这个人不讲逻辑、不合情理、前后不一。你起先认定是我杀死了华林博士，因为我有一个又圆又尖的笔架，还欠了好几笔大额账单。现在，因为一个爱八卦的老小姐跑过来乱嚼一通舌根，你就突然改变调查方向，用荒唐而不可信的罪名去指控一个无人保护的女孩子。"

"哎哟喂！是你自己对那个海妖产生兴趣了吧，嗯？"

"没有！我没有……如果你是指奥斯汀小姐。我是说，本人没有。"

很难有人可以辨别出他在撒谎，因为洛克伍德从容坚定，冷静的外表是他的保护色，一副漠不关心的神色更令人信服。

"不过，"他继续说下去，"我可怜她。她是谁，是干什么的，都不关任何人的事，可是亚当斯公寓里那些妇人，一心一意地要找她的茬。克雷，我只想给你个建议，如果你想找个人问话，就去找老水手，他比他的太太和其他妇人要公正得多。"

"男人通常都会公正些，尤其是事关一个漂亮姑娘的时候。"克雷尖酸地说。看着他离去的背影，洛克伍德恨得咬牙切齿。

老水手亚当斯看到克雷过来，便开门迎接，并被告知他想见奥斯汀小姐。

"这个嘛，克雷，"老人边说边把他领进客厅，并关上了门，"我知道你在查什么……我只想说，慢慢来。就这点，慢慢来。"

"好的，索特。请把奥斯汀小姐带到这里来，还有，我必须单独盘问她。"

"当然，我明白。不过，不要偏听偏信眼前的证据。你自己也明白，有时候这些证据也未必可靠。"

"索特，快去叫人吧，别教我怎么办案子。你和那个女孩谈过吗？"

"没谈过。我妻子谈过，不过没得到什么有用的信息。"

亚当斯走开后几分钟，安妮塔·奥斯汀进了房间。

克雷阅人无数的眼睛第一眼看到女孩，就发现她和自己先前所说的海妖形象相吻合。

淡褐色的鹅蛋脸既忧伤又甜美。苍白的脸颊素面朝天，没有涂抹任何化妆品，猩红的嘴唇经他仔细端详，也没有发现人工的涂饰。她身穿一件黑色塔夫绸裙，裙子上镶着做工精细的白色蝉翼纱荷叶边，装扮漂亮雅致。

克雷无法判断，这身打扮是不是具有哀悼的意味。

裙子不长，符合当下的潮流，露出薄薄的丝质长筒袜和黑色麂皮鞋带。

但是神秘小姐丝毫不在意自己的衣服，黑色的大眼睛充满了困惑，带着疑问看着检察官，然后，略带羞怯地主动伸出手。

棕色的小手触碰到克雷的手，握手的瞬间传递出感伤与希望，于是他迅速抬眼，发现自己面对着一双充满渴望的眼睛，无言的眼神传递出自信和信任。

他微微耸一耸肩，暗暗提醒自己不要同情心泛滥。

放下迟迟不肯松开的手，他坐在女孩所选座位对面的椅子上。

"奥斯汀小姐。"他刚一开口，便停顿下来，因为他生平第一次没把握该采取何种谈话策略。

"嗯。"随着停顿时间越来越长，她回应了一声，而她温柔知性的声音对他毫无帮助。

叫他如何开口对这个可爱的小人儿说："我认为你有犯罪嫌疑？"

"说吧，克雷先生。"她喧宾夺主地引导着谈话，同时看着他的眼睛里满是探询的恐惧，"什么事？"

一个疯狂的念头突然攫住了克雷，若是能抹去那惊恐的眼神，他情愿放弃自己所拥有的全部。闪念过后，他强令自己屏气凝神，然后说道："抱歉，奥斯汀小姐，我不得不问你几个不太愉快的问题。"

"所以我才来这里见你。"她回答说，弯弯的红嘴唇上现出一抹隐约的笑意，她拉扯平膝盖上的塔夫绸裙子，两只敏感的小手端庄地握在一起，静静等着。

这两只手令克雷心绪难安。尽管它们一动未动，但他觉得，一旦听了他将要说出的话，两只手便会焦虑地，甚至是恐惧地挥舞起来，而他是万万不肯惊动它们的。

由于内心的这个隐忧，他采取了违背本意的单刀直入。

"奥斯汀小姐，你从哪里来？"

"纽约城。"她脸色一亮，仿佛感到磨难并非预想的那么可怕。

"那里的地址呢？"

"西 64 大街 1 号。"

"你曾跟别人说是广场酒店。"

"是的，我两个地方都住。怎么啦？"

那句"怎么啦"让人听了很不舒服。克雷心想，毕竟自己不是人口普查员。

他没有继续追究过往的历史，简洁地追问下去：

"星期天晚上，你去过华林博士的家吗？"

"不是晚上，"她想了想，说，"我是在星期天下午去的。"

"后来又回去了，深夜时分，去见华林博士，在他的书房里。"

"你为什么这么说啊？"她语气里没有一丝波澜，然而，淡褐色的脸颊上出现两抹绯红。

"因为我必须得问。你有多么了解……以前认识博士吗？"

"认识华林博士？素昧平生。在我来到科林斯之前，我从未见过他。"

"你肯定吗？"

"应该可以肯定……哦，对呀……是这样的，我很肯定。"

"可是，你星期天晚上去了那儿，又折返回到这所房子，身上带着华林博士的贵重领带夹和一大笔现金。"

"哦，不是的，克雷先生，我压根没干那样的事！"

"那么，你能解释一下你为什么有那些物品吗？"

"我猜你是指巴斯科姆小姐放在我梳妆台顶层抽屉里的那卷钞票吗？"

"巴斯科姆小姐放进抽屉里的？"

"没错，千真万确，肯定是她干的，否则，那些东西怎么会在那里被发现呢？我不是强盗、土匪，也不是贼头贼脑的小偷，克雷先生，你自己心里对此很清楚，是不是？你知道我从未进过华林博士的书房，也没拿过那些东西！所以，正如我刚才所说，唯一说得通的解释便是，巴斯科姆小姐干的，她先亲手把东西放进去，然后又轻车熟路地找到那些财物。"

# 老小姐的证词

"这事很好处理。"克雷说罢，走到门口吩咐亚当斯太太去把巴斯科姆小姐叫来。

老小姐带着自命不凡的神气走进屋子。

她把身体挺得笔直，甚至在经过奥斯汀小姐身边时，把裙子往旁边一扯，故意绕开，还特意挑了另一边的座位坐下。

"巴斯科姆小姐，"她一落座，克雷便开始问话，"是什么原因促使你去搜查这位小姐的化妆台抽屉，去找那笔钱？"

"我没有刻意去找，克雷先生。我只是感觉到她干了坏事，我想房间里可能藏着一些证据。女人通常都把东西藏在顶层抽屉里。"

克雷轻笑了一声："我不得不说，确实聪明！可是奥斯汀小姐说她没把钱放在那里，她本人没有放——这是栽赃陷害。"

"栽赃？"巴斯科姆小姐一时没反应过来。

"是的，她认为是某人心怀不轨，故意把钱放在那里来陷害她。"

"哦，我明白了。好吧，克雷先生，让她明说吧，是谁干的，那笔钱就可能和谁有关。"

僵硬而苍老的面容带着几近恶意的控诉，小安妮塔·奥斯汀瞥了她一眼，便低喊了一声，连忙用手捂住脸。

"把她带走，"她呻吟着，"哦，把那个女人带走。"

"你们听到她说的话了，"巴斯科姆小姐毫不心软，不依不饶，"克雷先生，我自己也算是半个侦探，你在楼下和神秘女孩谈话的时候，我一直在仔细搜查她的房间，我找到了好几样东西，现在，我得跟你汇报一下。"

克雷一时不知该如何是好。他同情的天平一直都倾斜于这个楚楚可怜的小姑娘，她此时紧紧抓住椅子的扶手，仿佛下一秒即将被彻底击垮，那是精神上将要崩溃，但身体仍勇敢地支撑着自己的表现。可是，万一这个巴斯科姆老妇人说的是事实，那么，他必须得要提防这个"楚楚可怜的小姑娘"了。

"巴斯科姆小姐，我可不敢确定你有权利这么做。"他刚开口，便立即被打断。

"权利！可不是嘛，这件事超越了你的管辖权！约翰·华林的鲜血在地下发出呐喊！我是万能上帝的天选之子，化为正义之身去追查凶犯。她就坐在你面前！那个女孩——那个神秘、邪恶的女孩，是个小偷和杀人犯！"

"哦，我不是！"安妮塔放声大喊，她举起双手，似乎是在防御肢体上的攻击。

这时，她突然安静了下来，身体几乎僵住。

"巴斯科姆小姐，那是非常严重的指控，"她说，"你必须拿出证据来，否则就收回你说过的话。"

克雷惊呆了，直愣愣地看着女孩。她刚才痛苦的叫喊是常人的、女性的、本能的反应，但在一瞬间转变成毫无情感的镇定和冷若冰霜的傲慢，真是令人震惊，而在他看来，这恰恰是有罪的表现。

巴斯科姆小姐毫不畏惧。

"证据，我会拿出来的！"她正气凛然地说，"克雷先生，在另一个抽屉里，我找到了几卷银币，一百美金，正正好好，我们知道那些银币本来是和纸币卷一起放在书桌里的。至于红宝石领带夹，你也都知晓了。所以，盗窃行为都得到了证实。至于谋杀，我承认，一个小女孩犯下这样的罪行似乎有些匪夷所思，但我必须得强调，我已经找到了作案工具，杀人的凶器，就藏在奥斯汀小姐的房间里。"

再次传来一声短促的低声叫喊，更像是受伤的动物发出的叫喊，而不是一个人类发出的。安妮塔·奥斯汀，这个神秘女郎跌靠在椅子后背上，闭上了双眼。

"你不必晕过去，也不必假装晕过去，"巴斯科姆小姐残忍地训诫她，"你被当场抓了现行，你对此心知肚明，所以最好还是束手就擒吧！"

"我没干，我没干……"女孩痛苦地呻吟，勇气已弃她而去。绝望无力之下，一双大眼睛望向克雷求助。

他狠下心，扭头不去看她恳求的面庞，说道："什么作案工具？你在哪里找到的？"

"是一把刀，一把绣花刀，我在奥斯汀小姐房间里找到的，就塞在一把软座椅子的坐垫和靠背之间的缝隙里。是你放在那里的吗？"

巴斯科姆小姐转身面对着女孩，故意出其不意地向其开火，尽管安妮塔发出惊恐的"不"字，但显然她在撒谎。

"是她放的，"巴斯科姆小姐继续追击，"克雷先生，你自己就能看得出，她在撒谎。"

"可是，巴斯科姆小姐，即使她在撒谎，我也得让你停止对她的折磨！这种折磨太残忍，我不能容忍。"

这个年长一些的女人指控一个可怜孩子，所用手段对其造成极大的痛苦，这反而激起了克雷的英雄救美之心。

"巴斯科姆小姐，你可不是法定问讯人，"他接着说，"你的怀疑是否真实有效，应该由我来判定。"

"没错，由你来判定！你和别的男人没什么两样！女孩子要是长得漂亮迷人，她说黑就是白，你都会相信！"

"未经证实的说法我都不会采信。奥斯汀小姐，你是不是有一把绣花刀？"

"有。"女孩迟疑了一下回答道，黑漆漆的眼睛哀求地瞥了他一眼，巴斯科姆小姐见了，鄙夷地"哼"一声。

"它在哪儿？"

"我……我恐怕必须承认，它就在巴斯科姆小姐说的地方，除非她挪动了位置。告诉我，克雷先生。"神秘小姐突然恢复了主见，"我必须要把它上交吗？我还以为，被告是有权利去请一位……呃，就是，顾问……律师，或者其他人来委托处理。"

"等等，奥斯汀小姐，你还没有受到指控，也就是说，没有受到司法正式指控。"

"哦，我没有？那么……"她傲然睥睨巴斯科姆小姐，"我无可奉告。"

"无可奉告！"老小姐嘶声尖叫，"无可奉告！她当然无可奉告！

她杀了人，掳走了他的财物，然后竟宣称自己无可奉告。"

"好了，好了，巴斯科姆小姐，注意点言辞！奥斯汀小姐，你为什么要把绣花刀放在那样一个地方？"

"我也说不清。"

女孩望着他，黑色的眼睛里带着孩子般的无辜眼神，克雷一时无法判断，自己究竟是在凝视一个真凶实犯，还是一个委屈无助的受害者？"还有，你从哪儿得到那笔钱和红宝石领带夹的？"

"我不知道，我是说，我不知道它们是怎么进入我的房间里的。这位女士说她在那里找到那些财物，仅此而已，我只知道这些情况。"

单薄的肩膀不以为然地耸了一耸，表示神秘小姐根本就不在乎，这时克雷问道："那么，如果这些财物，领带夹和钱都不是你的，想必你愿意放弃对它们的拥有权。"

"当然不放弃！既然我被指控偷了这些东西，我坚持保留它们，直到对我的指控被坐实或者撤销！或许巴斯科姆小姐希望自己来保管。"

"奥斯汀小姐，要知道，你在犯一个错误，不该这么轻率地对待这件事。你目前处境危险，非常危险，你要格外小心自己所说的话。你需要请律师吗？"

"我不知道，"女孩忽然一下子无助了起来，"你认为我该不该找？"

"你有钱吗？"

"有。我不是一个富家女，但我也不穷。不过，我想我应该在做任何决定之前，找人咨询一下。"

"找谁？也许没人能提供比我更好的咨询建议。"

"克雷先生，你有何建议？"

甜美的小脸期盼地望着他，弯弯的红嘴唇微微颤抖着说："我太孤单了。"

见此情形，巴斯科姆小姐再次嗤之以鼻。她本人毫无魅力可言，因而痛恨、嫉妒这个女孩在男人身上施加的魔力。她本能地知道，克雷会对这个孤独的女孩产生怜香惜玉之情。

"奥斯汀小姐，我的建议是，首先，你要消除身上的神秘感。坦率地说出你的来历，到科林斯的目的，你如何获得华林博士的红宝石，以及你为什么藏匿绣花刀，既然那只是你的一把绣花工具而已。"

神秘小姐踌躇片刻，然后平静地开口说："克雷先生，你的建议很好。但是，遗憾的是，我无法听从。不过，我愿意出庭宣告，作为誓词宣告，我没用那把绣花刀杀死华林博士。"

"恐怕你的誓言会受到质疑。"巴斯科姆小姐尖酸地打断她，"同样地，克雷先生，即使这个女孩没有做出致命的攻击，那她也知道是谁干的！她和那个日本人是一伙的，野路。我知道得一清二楚！"

"野路！"安妮塔叫出声来。

"没错，野路，"巴斯科姆小姐言之凿凿，"他到此地一两天后，你也跟着来了。你有一件日本和服，房间里有几样日式摆设。你那天晚上去了华林家，野路替你开门，放你进出，毫无疑问，那个日本人把人杀死，你偷了钱和红宝石，然后，你的犯罪同伙就逃得无影无踪。"

巴斯科姆小姐往椅子上一靠，寡淡瘦削的脸上挂着得意的笑。

显然，她很享受告发眼前的这个女孩，对自己方才所做的无可辩驳的谴责感到扬扬自得。

"那么，奥斯汀小姐或者那个日本佬是怎么从反锁的密室里离开的呢？"克雷提出了疑问，其实经过这场问讯，他心里的天平早已有了倾斜。

"这个嘛，"巴斯科姆小姐斩钉截铁地说，"我没法给出确切的解释，但是，我肯定这是日本人的一种把戏。大家要是还记得那些传奇故事，说的是日本人是如何完成看似不可能的小把戏，像口中吞剑、徒手解手铐，那就不难理解人是可以从门外把房门反锁上，然后再造成是从里面锁上的假象。"

到目前为止，克雷已经做出房门是被人用一种聪明的方法反锁上的结论，但他还没有想过这是日本人的聪明劲使然。

他猛然站起身，说："我必须调查一下相关的情况。奥斯汀小姐，你不要有离开镇子的企图，否则你将再也无法离开。"

"既然不被允许，那我肯定不会有离开的企图——按你的原话。不过，我要声明，一旦我有了行动自由，我想马上离开科林斯。"

她神情镇定自若，不像是一个为自己的安危担忧或害怕的人，仅仅表现出对克雷礼貌遵从的态度，把自己的意图打算也开诚布公。

巴斯科姆小姐鼻子里哼了一声，说："克雷先生，不用担心。如果这个年轻姑娘企图逃避正义的惩罚，我绝不会让她得逞。"

听闻这番话，神秘小姐报以施舍般的微笑，甚至带有逗乐的意味，这愈加激怒了老小姐。

"那么现在，奥斯汀小姐，"检察官说，"我要采集你的指纹，拜托了，因为这会有助于证明你的清白。"

见女孩痛快地一口答应下来，他欣慰地笑了。

"还有，"他神情变得严肃了些，"我得问你要一只你的鞋子，你星期天穿的那双。"

这个要求令神秘小姐很吃惊，她不高兴地白了一眼，一言未发地站起身上楼去拿鞋子。

她回来时手上拎着一只小巧精致的鞋子，说了句："我希望你们用完了这只鞋，能把它还给我。"

克雷把鞋子塞进大衣口袋，离开了公寓。

"巴斯科姆小姐，"安妮塔转向自己的敌人，"祝愿你和现在的我一样，永远都交不到朋友。"

"厚颜无耻！"眼瞅着神秘小姐上楼回房间，莉莎·巴斯科姆独自嘟囔着。

"这里的情况很复杂啊！"克雷一边往华林家走，一边自言自语，"我要真抓实干起来。"

克雷本身就足智多谋，现在他立即行动起来，着手开展指纹比对工作，把安妮塔·奥斯汀的指纹与约翰·华林书桌旁那把小黑木框椅子上采集到的指纹相比较。

两者完全一致。克雷面对结果陷入了沉思。

"那个女孩当天晚上到过这里，"他做出判断，"这是无可辩驳的事实。"他叫人把贴身男仆喊来。

"伊藤，"他开口问道，"星期天晚上很晚的时候，你有没有开门让人进来过，你回来之后？"

"没人，先生。"日本佬用毫无起伏的语调说，心里暗自觉得这个问题很蠢，因为所有的调查人员都知晓他礼拜天晚上的活动细节。

"你记不记得见过这把椅子，星期一早上？"

"记忆犹新。我看见洛克伍德先生在抚平椅子靠背。"

"抚平靠背！你这话是什么意思？"

"我从餐厅窗口往里张望，想看看洛克伍德先生是否过来用早餐，我看见他正在仔细地抚平这把小椅子的绒面，先生。"

克雷思来想去，这是一个关键证据。洛克伍德这种人是不会无缘无故抚平椅子靠背的，他是有意而为之。究竟为了什么目的？除了想消除某种证据，还能出于什么原因？

克雷仔细检查这把椅子。它的外框是闪光发亮的黑檀木，座位和靠背覆盖着质地柔软的深色长毛绒。

克雷的手指从椅背上滑过，在绒面上留下清晰的印辙。

伊藤在一旁看着，肃然点点头。

"不是指纹印，"克雷喃喃自语，"不过，或许是手指印痕。谁的呢？"

"伊藤，你确定看到这一幕了？"

"是的，先生，而且佩顿小姐也看到了。她当时正站在门口，喊洛克伍德先生去用早餐。"

克雷去找到海伦，然后出其不意地向她发问。

"星期一早上，你去叫戈登·洛克伍德吃早饭的时候，他在干什么？"

"他在……我不记得了。"

"说实话，否则的话，对你和他都将造成大麻烦。"

"他在……他好像在给椅子掸灰尘。"

"是用鸡毛掸子吗？"

"没有，就是用手抹来抹去。"

"那不叫掸灰。"

"好吧，我哪知道你是怎么叫的！也许他只是把椅子推回到原来的位置上。"

"把书房的家具归置原位不符合他的习性。他是在消除留在那把绒毛椅背上的痕迹，那些印痕具有指向性，他当时就在干这件事。"

"胡说！"海伦叫起来，"那里能有什么印痕？"

"我现在说不出来。走，我们一起去瞧瞧。"

克雷带着海伦来到书房，嘱咐她坐在椅子上。

"往后靠。"他指挥道，"好了，站起来。"

女孩依照指示去做，绒面上赫然留下印痕，痕迹轻微却一目了然，那是海伦裙子后背上的珠饰花纹。

"我说嘛！"克雷得意扬扬，"那个绒毛很容易留下印痕，洛克伍德抚平绒面是为了消除具有破坏力的证据。"

"克雷先生，听着有点牵强附会啊。"戈登·洛克伍德说，此时他刚进屋，听到也看到了警探调查的后半部分。

"并非如此，洛克伍德先生，那时你知道椅子框架上的指纹一些是你留下的，还有一些是某个年龄不大的年轻人，而此人目前已列入嫌疑对象。"

戈登·洛克伍德由于经常遭受突然的压力，早已修炼得处变不惊，在面对检察官时，他的眼睛闪闪发光。

"克雷先生，不要天方夜谭，"他冷言冷语地相劝，"我猜你是指奥斯汀小姐，我更青睐开诚布公，而不是含沙射影。但在我看来，在这间屋子里的椅子上发现她的指纹，当然还有我的，这都不足以证明我们犯罪了。"

"是吗？"克雷针尖对麦芒，"那么，你不妨给出奥斯汀小姐案发当晚在这里出现的合理解释。"

"她是否来过这里，对此我并不知情，而且我也无法解释她的任何举动。但你如果因为她曾来过此地就认定她有罪，对此我强烈反对。"

"啊哈，你是委婉地承认她来过咯。确实，这一点很难否认，尤其有这个来支持。"他从口袋里掏出样东西，"这是她的一只小鞋子，与这座房子和亚当斯公寓之间雪地上的脚印完全吻合。"

"现在量脚印，都过了这么多天！"洛克伍德撇了撇嘴。

"洛克伍德先生，脚印完好无损。持续的低温天气使得它们一直保持原样。我用这只鞋试过脚印，不会弄错。再说，步距很短，也吻合奥斯汀小姐的正常步幅。这些脚印从亚当斯公寓出发，到了这里后又折返回去。偶尔几只返程的脚印与来时的脚印重叠，表示返程的脚印是后来踩出来的。有人目睹奥斯汀小姐朝这个方向走，好了，没人会傻到得不出这样的结论！"

"没人会傻到把你假装看到的一切曲解成证据。"洛克伍德反唇相讥，几乎出离愤怒。

"不关你的闲事，"克雷言辞犀利，"现在，洛克伍德先生，你为什么要抚平这把椅子的靠背？小心点哦，有两个目击者看到了你的所作所为。"

"我不否认，"洛克伍德微微一笑，微笑里透着厌倦，还有傲慢，"可是假使我那么做了，当时是……现在也是下意识的举动。人们经过一件家具时，常常会下意识地触摸一下。"

"这个说法太牵强附会。男仆和佩顿小姐都确凿无疑地看到你在抚弄那把椅子的靠背。你为什么这么做？"

"克雷先生，我没法回答你。我只能重申一遍，这肯定是我无意识的动作，并无恶意。也可能是我在把碍事的椅子给挪开。"

"你瞧，洛克伍德先生，你是个体面人。你敢发誓，你不是因为它显露出了可以定罪的印痕，才成心抹平椅背？"

"我不发誓。我声明过，你对我的指控是无中生有，我对此不再作任何解释。"

洛克伍德站起身，抱着双臂斜靠在壁炉前。

克雷暂时不再追究这个话题，但他精光四射的眼睛和紧闭的嘴唇显示，他没有彻底死心。

"华林博士是几点钟锁上书房门的？"他再次发动突袭。

"大约十点。"秘书回答道。

"从那以后，你什么动静都没听到？没有说话的声音？没人从落地窗进来？"

"没有。"洛克伍德回答。

"那么，我们只好得出这样一个结论：不管是谁进入了书房，动作都极其轻柔，而且是在华林博士本人知情和允许下进入的；来客的脚印径直通向门口，指纹印在博士座位旁边的椅子上。有事实证明，华林博士先前放在房间里的现金和红宝石领带夹现在都落入同一个人手中，我们还了解到，这个人来科林斯的动机不明，事实上，这个人特立独行，大伙儿都叫她神秘小姐。洛克伍德先生，你为什么反对这些显而易见的推论？你为什么要如此大动干戈地替一个所有证据都对她不利的人洗脱嫌疑？"

虽然下巴固执地紧绷着，洛克伍德仍异常镇定地说："因为你口中的神秘小姐是个年轻而无助的女孩，据我所知，在这个镇子上，她没有一个朋友。用这样一个天方夜谭式的故事来指控她是不公平的，不给她辩解的机会就定罪更是不公平的。"

"给她辩解的机会了，"检察官说，"而她所说的话反而更加坐实了自己的罪行。"

# 继承人莫里斯·特拉斯克

约翰·华林的葬礼肃穆庄严。大家对他突然离世的方式三缄其口，只是称之为谜团。牧师和大学里的教员们对他赞誉有加，言辞恳切，因为被颂扬的人当之无愧。

当天出席葬礼的人数众多，其中有两个人格外受人瞩目，引来好奇的目光。

一个是神秘小姐，关于她和这场悲剧有关联的传言时有耳闻。

一旦见到她本人，那些传言便似乎站不住脚了，毕竟很难把这张甜美的容颜及温文尔雅的举止与凶案联系起来。

安妮塔·奥斯汀坐在靠近前排侧边通道的地方。她身穿一件褐灰色混纺毛织长裙，头戴一顶同色天鹅绒无边女帽。椭圆的小脸苍白无色，细小的贝齿不时咬一咬猩红色的下嘴唇，仿佛她正凭借极大的意志力在控制住自己。

　　如果紧盯着她不放，就会发觉她根本就没有在听那些才高八斗的人对约翰·华林的人品所给予的颂词，她忧郁的眼神一直盯着鲜花覆盖的棺椁，当她偶尔要抑制住抽泣时，泪水便涌出了眼眶。

　　过了一会儿，这个奇怪的女孩挺直身体，握紧拳头，努力不显露出任何表情，双眼茫然地望着前方，仿佛对周边的情景毫不留意。

　　海伦·佩顿坐在她的正后方，海伦是特意选了这个座位，因为她想观察一下这个神秘小姐。佩顿太太则坐在女儿身边，不过她所有的注意力都放在葬礼仪式上，顾不上其他事情。

　　戈登·洛克伍德坐在不远处，与贝茨太太和她的外甥平克尼·佩恩坐在一起。在这三人当中，只有秘书的眼神时不时地飘到那张悲伤的小脸蛋上，那张脸瞬间俘获了他的心，成为他生命中的至爱。教堂挤满了人，鲜花的香气浓郁得令人窒息，奥斯汀小姐脱去肩上的外套，洛克伍德定神一看，猛地一惊，原来她身上的裙子和她听演讲时所穿的是同一条，那天他第一次见到她。他又一次数起了水手领边上的奇怪小纽扣。他不禁摇了摇头，内心涌起莫大的怜悯之情。

"可怜的孩子，"他默默地对自己说，"这一切都是什么意思？"

另一个吸引众人目光的人便是莫里斯·特拉斯克，他是约翰·华林的亲戚，从圣路易斯的家中赶来，前来继承遗产。

由于当前处于没有遗嘱的情形之下，而他能证明自己是最近的血亲，很乐意，甚至是迫切地想要接管政府文书事宜，以及逝者的家宅。

他是约翰·华林表亲的儿子，尽管两人从未见过面，但莫里斯·特拉斯克带来了证明文书和个人档案，清楚无误地表明他的继承人资格。

特拉斯克的长相并不讨人喜欢，尽管他举止得当，衣着得体，但他身上所缺少的是涵养和对体面生活的理解。他是一个典型的白手起家人士，然而但凡自学自立的人都需要优良的品质方能成才成功。

而这些品质特拉斯克都不具备，棱角分明的面容给人留下贪婪、精明的印象。

他的言谈举止中还带着一点逞强好胜，显然是内心自卑感在作祟。他似乎在说"我和你们一样好"，因为他需要这样的声明来支撑他的这一信念。

坐在第一吊唁者的位子上，他表现得礼数周到。黑色的丧服颜色非常黑，与其说是这套衣服的合身程度和剪裁做工出卖了他的乡土气，还不如说是他自身的气质暴露了这一点。

在那些知道他从未见过自己表亲的人眼中，他的悲伤显得做作了，但总体来说，那些好奇的人们经过一番严苛审视之后，接纳了莫里斯·特拉斯克，认为他是一个令人满意的华林府邸的继承人。

这可不是一件无足轻重的小事，毕竟约翰·华林除了担任大学教职，还撰写了几本畅销书，而且拥有相当丰厚的财产。

特拉斯克本人毫无神秘感可言。正如律师所言，他的生活就像是一本敞开的书。他的家谱条理清晰，记录完好，因此他的继承权合理合法。

至于那个轻佻的神秘小姐，无人知晓也无从知晓她的来历、来科林斯的目的以及她的身份。有一点很清楚，她与华林博士之间有某种不合常理的纠缠。如果调查报告属实，那么她曾在家里的人不知情的情况下，去书房找过他。约翰·华林丝毫没有因此而受到一点谴责，尽管大家认为，像他那样年纪的人，本应该有足够的智慧击退这个小吸血鬼的进攻。

"她就是那种女人，"海伦·佩顿注视着坐在前排的女孩，暗自思忖，"她绝对勾引了可怜的华林博士，她进入书房，然后……啊，我能证明！"

葬礼结束后，主要的吊唁者们回到华林府邸商量事情。佩顿太太吩咐给客厅里所有的人上茶，来客当中还有许多好奇的邻居，众人欣然接受了她的热情款待。

特拉斯克下意识地搓着手，不费吹灰之力就进入了房子主人的新角色，不过略显夸张做作了些。

"是的，"他说，"是的，是的。我从那些致辞中了解到，我的表亲是多么好的一个人……是的，是的，一个高贵的人。现在，我不指望能马上在你们的社区中取代他的位置，可是，我会做到的！你们都会帮助我的，对吗？"他冲着众人一笑，"是的，是的，你们都会帮助我成为科林斯最佳市民之一，这个美丽、绿树成荫的小镇里的最佳市民之一。会的，会的。"

手里端着茶碟和茶杯，他在宾客中逡巡，样子有点笨拙，但态度和善，心情愉快。他的观点很明确："国王死了，国王万岁。"他想立刻登基继位。

但是，约翰·华林的这位表亲还有另外一副面孔。

稍后，当他与几个人在书房里碰面时，这一点便显露无遗。

克雷受邀前来，莫顿也来了。还有洛克伍德和佩顿母女。

"首先，我先说几句。"特拉斯克做了开场白，大家都注意到，与他在社交场合相比，他在这个会议场合表现得更加自在。

"我想维持这个家目前的状况，至少要维持一段时间。佩顿太太，如果你能继续替我管这个家，我将非常高兴。另外，洛克伍德先生，我想让你留下，继续当秘书，如果你乐意的话。当然，在这个家安顿下来，还有许多事情要做，而你们的经验是非常宝贵的。还有，佩顿太太，如果你愿意，我希望你去雇些用人，或者保留你现在的手下也行。拜托，请全盘打理好这个家的事务，因为，我首先要干一件事。找到杀死我表亲的凶手。不穷尽所有去找到这个凶手，我将永远无法心安理得地接管、使用他的家宅和钱财。"

"也可能是一起自杀案件。"克雷检察官一直在观察着他，这时给出提示。

"不是的，先生！第一，按我的理解，我表亲不是那种会自杀的人；第二，他即将走马上任，当上大学校长，还打算娶一位漂亮女士。还能有什么烦恼呢？再者，我看过许多侦探小说，这一点对我来说是反驳自杀最强有力的观点，克雷先生，别不屑一顾，那些小说大多取材于真实的案例，而且许多故事都有密室谋杀谜团。小说通常以这样的场景开头：发现了一具尸体；房间反锁；房内没有凶器；他杀还是自杀？下面，听好了，一成不变的是，结果是他杀。是的，先生，一成不变！为什么？因为自杀的报道文章很罕见。很难发现人性会动不动就自我了断。那是说，从本性来讲，不值得。你们看到的自杀者都是软弱的人，穷困潦倒的、无知浅薄的家伙。没有一个像约翰·华林这样出类拔萃的人。克雷先生，你了解的，对不？"

"我懂，"检察官点点头，"特拉斯克先生，确实如此。无论如何，要想展开调查，必须从谋杀理论开始。"

"说得太对了，"特拉斯克附和道，"万一要是遇到了证据，谋杀的真凭实据，哎呀，那就知道该往哪个方向调查下去了。"

洛克伍德注视着特拉斯克，饶有兴趣地听着他的长篇大论。这是秘书以前从未见过的新类型，在他对人性了解的范围内，竟找不到与之相匹配的定位。

起初，洛克伍德对这个新来的人有着本能的反感，因为他如此堂而皇之地表现出继承遗产的欣喜，在吊唁时表现得虚情假意。然而，如此理性而直白地执意要为表亲报仇——如果是谋杀的话——这提高了特拉斯克在洛克伍德心中的评价地位，于是他决定留下来继续做秘书，至少做一段时间再说。

"克雷先生，你负责这个案子，"特拉斯克还有话要说，"我希望你继续推进，推进，先生。缺人的话就去找帮手，只要不违反规定，找些不按常理出牌的侦探也行，但是，必须要有结果。结果，我要的是结果！我有个想法。干起来，尽快干起来。别拖沓。把该干的事情都干完。那时，如果仍然找不到罪犯，我们就放弃追凶。这是我的看法。先竭尽全力，然后放弃。"

"非常好，特拉斯克先生，"克雷回应道，"我明白，我将按你说的去做。你什么时候有时间来过问一下的话，我把案子的来龙去脉和你做个汇报。"

"克雷先生，现在就有空。你的汇报要简明扼要。关于约翰·华林的死亡现场，我都了解了。我还知道该把谁列为嫌疑人。那么，现在告诉我你的决定。"

"恐怕我们还没有做出任何决定，特拉斯克先生。事实上，目前能确定的证据指向最令人惋惜的方向。"

"什么？你们迟迟不采取法律行动，是因为证据指向令人惋惜的结果！天哪，克雷！新英格兰警察都是这么办案的吗？"

"可是，证据可能会出错，没有十足把握就作出指控不是明智之举……"

"我有一些确凿的证据。"海伦·佩顿迟疑地小声说，所有人转过身看向女孩。

"是的，我不该说出来……但是……我认为我应该说。我在今天刚发现的。"

"佩顿小姐，你必须说出来，"特拉斯克用专横的口吻说，"快点说出来！"

"嗯，"海伦对着克雷说，"你已经知道洛克伍德先生弄掉了这把椅子上的印子，就在我们发现华林博士之后……之后的那个早晨。"

"对的，毫无疑问，那些印痕指示出某些信息。你对此有什么发现？"克雷热切地看着女孩，因为他对秘书的上述举动非常感兴趣。

"那些印痕是奥斯汀小姐今天穿的裙子后背上的纽扣留下的。"

戈登·洛克伍德一时间几乎无法保持镇定。虽然转瞬即逝，但克雷尖锐的眼睛还是捕捉到秘书平静的脸上滑过一道绝望的神情。很快，往常的清高傲慢又回来了，严肃的眼睛毫不畏惧地与克雷对视。

"你是怎么发现的？"克雷非常警觉。

"在葬礼上，我坐在她的后面。她脱掉大衣，我就留意到那些纽扣的位置。我看呆了，因为我注意过椅背上的那些印痕，它们的图案一模一样。"

"胡说，"洛克伍德平静地说，但语气里带着极大的轻蔑，"说得好像你能辨别女士裙子上的装饰一样！"

"可是我能认得出，"海伦坚称，她被洛克伍德激怒了，"我在椅子上看到了，一道清晰的领子镶边装饰图案，两排印迹是在后背的位置。那时，我看见洛克伍德先生非常小心地把椅背上的印痕给抹掉。今天，我看见奥斯汀小姐的裙子的时候，我立刻就认了出来。那天晚上她在这里，洛克伍德先生知道的，他还擦去了那些痕迹……"

"海伦，别乱说！"戈登·洛克伍德的轻声慢语反而令海伦愤怒得面红耳赤。

"我没乱说！克雷先生，我有吗？这是证据，不是吗？它能证明那个女孩曾来过这里，是不是？戈登确实把它擦掉了，伊藤也看到过，我看到他了。我过来叫他去吃早饭的时候,他在擦椅子,他否认不掉!"

"我坚决否认,"洛克伍德平心静气地说,"佩顿小姐情绪太激动,记忆不准确。"

"没有的事! "海伦怒气冲冲,"都是真的。戈登不肯承认是因为……"

"海伦,嘘! "戈登的眼神立刻让她住嘴,"不要说出以后自己会后悔的话。"

"我是不会后悔的,"克雷插入进来,"这至关重要。洛克伍德先生,你否认自己曾把刚才所说的印痕消除过吗?"

"当然否认,"洛克伍德微微一笑,"佩顿小姐进来喊我去用早餐时,如果我当时是在动椅子,究竟是在移动椅子,还是在触碰椅子,我记不清了。不论是哪种情况,都无意去消除证据。"

戈登·洛克伍德撒谎的时候,脸不红心不跳,俨然是在说大实话的样子。他不仅深爱着安妮塔·奥斯汀,而且不相信,也不肯相信她犯了罪,或者与罪行有任何牵连。因此,只要能拯救或保护她,说再多的谎言他都心甘情愿。

从他的言谈举止上,没人疑心他不是在说大实话,而是在撒谎。

"可是你瞧,"莫里斯·特拉斯克这时开口说话,"这样不行。你们这些人是在指控一个女孩子杀死了华林博士吗?一个女孩子!"

"目前尚未开始指控，"克雷告诉他，"不过我们想了解更多关于这位年轻小姐的事情。大家都叫她神秘女孩，因为对她的情况掌握得太少了。"

"神秘女孩，嗯？博士去世那天晚上，她来过这里见他了吗？"

"没有！"洛克伍德坚定地说，"如果她来了，我应该会知道。"

"你当然会的，"特拉斯克精明地瞟了他一眼，"当然了。可是，她衣服的印痕留在椅背上？是不是这样？"

"就是这样，"海伦尖声叫道，"有数不胜数的事情可以证明她那天晚上来过这里，可我弄不懂为什么洛克伍德先生这么坚决地否认。他肯定非常在乎那位年轻的小姐！"

海伦毫不掩饰心中的恶意，她的母亲见到这个情形，露出痛苦而懊悔的神情。这两个女人都曾期望戈登·洛克伍德的情感能转向海伦身上，而此时此刻，母亲意识到，女儿的这番话将使她们的计划泡汤。

可是海伦对神秘小姐醋意大发，原因远不止一个，于是她任由自己口无遮拦地宣泄妒意。

克雷对此心知肚明，所以对海伦的话半信半疑。不过他也在心里暗自琢磨，她不可能胡编乱造一大通关于衣服镶边装饰的废话。他断定这一点是真的。可为什么会是这种情况呢？案发当晚，安妮塔·奥斯汀进入过约翰·华林的书房，证据确凿，不容忽视。不仅如此，钱和红宝石领带夹都在女孩手里还未得到合理的解释。有人偷走了这些财物，然后放在奥斯汀小姐梳妆台抽屉里去栽赃陷害她，这种说法简直是异想天开！

"我想会会这位年轻的女士。"特拉斯克突然说道。

"我正打算去见她，一起去吧。"这个陌生人的聪颖悟性让克雷略有吃惊，他便主动相邀同行。

"我也要去。"海伦·佩顿也声称要去。由于洛克伍德也不能置身事外，所以大家便一起去了亚当斯公寓。

一行人会集在舒适的起坐间里，亚当斯太太上楼去喊安妮塔下来。

她发现房门锁着，再次呼叫之后，房门应声打开，出现在亚当斯太太面前的女孩泪流不止，满脸悲伤，女孩淡淡地问什么事。

"你得下楼一趟，"房东太太说，"克雷先生来了，还有……还有其他人。他们想见你。"

"我不去。我谁都不想见。"

"我看你必须得去，"亚当斯太太干脆地说，"这是……这是传唤。你得去。"

"哦，"奥斯汀小姐态度大变，"好吧，我去。稍等下，我洗个脸。"

亚当斯太太走进房间，关上门，在一旁等着。她很同情神秘小姐，可同时，心里对她的疑虑尚未打消。也许疑团即将被解开。

好心的妇人正寻思着说些好听的话来安慰这个奇怪的寄宿者，可当她看到眼前发生的一幕时，立即打消了想要帮助女孩的念头。

因为，以亚当斯太太最朴素的理念来看，女孩的行为令人目瞪口呆。

擦洗完满脸的泪痕，神秘小姐开始给脸上轻施薄粉，恐怖至极的是，她给苍白的两颊擦上似有似无的胭脂。对这样下贱的行为仍不满意，她竟然道德败坏到使用异教野蛮人的把戏，把失去血色的嘴唇涂得红红的！

不，对这种伤风败俗的女孩，亚当斯太太毫无怜悯之心，于是，她紧绷着脸，一言不发地等着。

接着，神秘小姐将黑色的秀发弄得更蓬松一些，遮盖住两只耳朵，把镶着一排小纽扣的水手领翻好，最后审视般地扫了一眼鞋子，这表示她已装扮得当，准备下楼。

仍然用沉默表示抗议，亚当斯太太走在女孩旁边，一起下楼面对来客。

女孩带着胜利者的姿态傲然走进房间。

她那天然去雕饰的美摄人心魄，黑色的大眼睛带着无辜的困惑，目光依次从众人身上掠过，很快眼中的疑惑被一丝可怜哀求的浅笑所替代，一下子令其中几个人的心都化了，尽管他们觉得这个眼神有点虚伪。

精明而又工于心计的莫里斯·特拉斯克上下打量着女孩。

经过一番打量之后，他由衷地表示赞叹。事实上，他几乎到了宁可得罪其他所有人，也要袒护这个女孩的地步。

"我得向着她，"他暗下决心，接着又悄悄地对自己说，"先别急，她可精明着哩！那个女孩清楚自己想要什么。天哪，如果她想杀死一个人，她完全可以做到！我十分肯定！"

吸引众人目光的是奥斯汀小姐的裙子。每一个在场的来客都想说："转过身去，哦，转身哪！"

然而事不遂人愿，女孩重重地坐在索顿斯托尔·亚当斯旁的矮脚椅子上，静静地等候着开场。

"请首先允许我介绍特拉斯克先生。"克雷略带些尴尬地说道，毕竟在那双楚楚可怜目光的注视下，很难表现得轻松随意。

安妮塔冷淡而不失礼貌地鞠躬致意，接下来便是难堪的沉默。

"呃，"终于，特拉斯克打破了僵局，"大伙儿都不大善谈，我就勉为其难地出个头吧。奥斯汀小姐，能劳驾你站起来转过身吗？"

要求直截了当，安妮塔没有多想，便照着做了。

一目了然，在裙子上半身的后背上，有两道竖排纽扣，还有一排镶在水手领口上。

见特拉斯克点点头，她便坐下，紧接着，暴风雨呼啸而至。

"我说的嘛！"海伦·佩顿高声叫喊，"就是这件衣服在椅背上印下痕迹！奥斯汀小姐，你还敢抵赖，华林博士去世的晚上，你没去过他的书房吗？"

神秘小姐黑漆漆的眼睛惊恐地瞪大了。她仿佛被吓呆了，目光在众人身上来回逡巡。

莫里斯·特拉斯克被彻底惊艳了。他死死地盯着女孩，仿佛他从未见过如此魅惑迷人的姑娘。

戈登·洛克伍德的脸上没有出卖一丝情绪。假如他没有爱上神秘女孩，而是对她毫不心动的话，他一定也会这样面无表情，无动于衷。

而其他所有人都明白无误地表示出坚定的怀疑、嘲弄和痛恨。

除了一个人例外。老水手怜爱地看着紧张不安的女孩，他甚至伸出手去护着，说话的语调也变得柔和：" 亲爱的孩子，说实话。你以前认识华林博士吗？"

神秘小姐的目光缓缓环视四周，从一张脸看向另一张脸，她自己的面部表情越来越僵硬固执。当目光移到老水手慈爱的面庞时，她彻底绷不住了，呜咽了起来。"哦，他死了……他死了！我该怎么办啊？"

# 特鲁斯德尔之眉

莫里斯·特拉斯克看着神秘女孩，迅速对她产生了愈来愈浓厚的兴趣和好奇。她看上去那么年轻、无助，又那么娇美动人、楚楚可怜，他第一时间作出判断，这个女孩不可能与任何犯罪扯上关系。同时，因为他做事从不拖泥带水，所以他还作出另一个判断，这个姑娘是他的人。拥有了这笔刚刚到手的财富，他需要一个妻子来帮助他享受这笔钱财，他到哪儿还能找到比奥斯汀小姐更称心如意的姑娘呢？

他开门见山地问道："华林博士向你求爱了吗？你爱过他吗？"

这些问题把在座众人惊得目瞪口呆，亚当斯太太说："是的，她爱上了！我有天晚上看见她在亲吻华林博士的相片。"

克雷转身看着安妮塔。

"你爱过那个男人吗？"他严肃地问，"如果是，你肯定不会杀死他。"

"她当然没有杀死他，"老水手趁机说道，"真是异想天开！小姑娘，大胆说出来。你为什么亲吻一个你从未见过的男人的相片？"

一屋子里有几个人屏气凝神，等待着回答。

戈登·洛克伍德便是其中之一，他急不可耐地想要听到答案。他清清楚楚地记得在博士废纸篓里找到的那封信。信里的话语深深地刻在他的脑子里。

**我亲爱的安妮塔：**

　　**第一眼看到你棕色的双眸，我的内心便种下了爱慕的种子。生命是值得的——因为有你在这个世上！**

如果那个男人一见钟情，难道这个女孩就不会产生同样的情愫吗？或者，即使没有爱上，她还能杀死一个爱慕她的人吗？天哪，她可真是一个迷雾般的女孩啊！华林爱上这个女孩已是不争的事实，这就能合情甚至合理地解释她为何秘密夜访华林，为何拥有那笔钱和领带夹。

会不会还有一种可能，这个美艳的小女子仅仅是个投机者而已？

·

她甜言蜜语地哄骗华林把财物给她，然后就……

不，戈登·洛克伍德不敢也不愿相信自己所爱的姑娘身上有任何邪恶之处。即便她将承认她对华林的爱，也不会失去他对她的忠诚。

"回答我，"克雷命令她，"直截了当的问题，直截了当地回答。你爱上华林博士了吗？"

如同被催眠了一般，神秘小姐无助地瞅了一眼问讯官，用低得几乎难以辨别的声音说："是的。"

"那么，你为什么杀死他？"克雷冲着她怒喝。

"我……我没有。"

"你当时在场，在他的书房里，在他……他死的那天晚上。"

"不……不，我不在。"

"你在！已经有证据证明。你从这所房子出发，穿过雪地，进入书房，坐在书桌旁边的软椅上，是不是？"

黑色的大眼睛仿佛难以从克雷的脸上挪开，又一次传来有气无力的呻吟："是的。"

"我反对！"这时响起特拉斯克的声音，"那个女孩不应受到这样的折磨。不论她有罪还是无罪，她都不应受到这样不公平的对待。你不能逼迫她说出对自己不利的话。撤下，克雷！我禁止你这样干。"

"没错，克雷，"洛克伍德心平气和地说，"你没有权利诱供奥斯汀

185

小姐，你纯粹是靠恐吓在迫使她承认那些事情。"

此话不假。神秘女孩浑身瑟瑟发抖，脸上没有一丝血色，除了她来之前擦上的淡淡胭脂和口红。

她的大眼睛在浓密的黑色眉毛下转动着，从每一张脸上掠过，她不会忽视一个事实，屋子里的每一个男人，或许克雷不算，每一个男人都对她报以同情，而每一个女人都对她怀有敌意。

这肯定让她舒了一口气，因为她望了望四周，一抹难以察觉的微笑在眼中闪动。

"是真的吗？"她说，"我可以在得到咨询之前免于遭受这种问讯吗？我不知道该说什么……我自己……"

她眉头紧蹙、娇弱无助的样子又一次激起了男性的怜香惜玉之情，意识到这一点，她完全无视同性的反应。

莫里斯·特拉斯克的脸上掠过一丝疑惑。

"她究竟是什么人？"他心中暗想，"那双眼睛里最后闪过的那道光，她把浓眉毛皱成一道直线时的样子让我想起了某个人。老天！特鲁斯德尔之眉！"

他再次仔细端详那张褐色小脸。他没有把握地摇摇头，但又肯定地对自己说："特鲁斯德尔之眉！"

"听好了，各位，"老索顿斯托尔·亚当斯说，"我不相信这个孩子犯下了任何罪行。如果她让华林博士爱上了她，那对我们这些老家伙来说真是太糟糕了。可是，像奥斯汀小姐这样的漂亮姑娘自然而然地就会吸引男人们。我现在不想探讨这个问题，可是我想说的是，夜里去会男人并没有犯法，也许她是为了别的事情去的，只是我们不知情罢了。奥斯汀小姐，华林博士是自愿给你那笔钱的吗？"

"是的，"安妮塔期期艾艾地说，她咬起嘴唇又补充说道，"我先前告诉你，他没有给我钱。"

"好了，好了，别再说了，你的话自相矛盾。本不该由我来问这个问题。克雷先生，从现在开始，我将承担起对奥斯汀小姐的监护。你要想见她的话，由我来负责护送她。还有，"他看了看自己的妻子，"亚当斯太太也会帮我。她将庇护、照顾奥斯汀小姐……"

"除非她被证明是有罪的，"艾瑟儿·亚当斯打断他，"在那种情况下……"

"姑且等她被定罪了再说，"老水手好声好气地说，"我不保证她是无辜的，我只是想让她免受不公正对待。奥斯汀小姐，你有钱去请律师吗？"

女孩显露出的惊慌神色再次让她显得单纯幼稚。

"我应该告诉律师……所有的事情吗？"她问。

"是的，是的，当然。"特拉斯克抢先回答，"可是能有什么事情呢？

我打赌，不管你告诉律师什么事，都不会让你定罪。你夸大了自己与这个案子的联系。我打赌，你那天晚上去那里是为了完全不相干的事情，至少与华林博士的死是不相干的。"

"哦，我是去过那儿！"安妮塔说，很快又追加一句，"可是我不是晚上去的，是在那天下午。"

洛克伍德听了，心里不禁哀叹连连。女孩所说的话让她听上去更像是在闪烁其词，尽管她可能是清白无辜的。可以肯定的是，她与这个案子有牵连；而且肯定知道是谁捅出那致命的一刀——如果不是她本人的话。要是能找到野路就好了，毫无疑问，他与此案脱不了干系。

"奥斯汀小姐，只要你开口，我马上帮你请一名律师。"洛克伍德说，他无法抑制想要帮助她的冲动。

"我就是律师，"莫里斯·特拉斯克说，"我从此刻开始，为奥斯汀小姐提供法律咨询。亲爱的小姐，如果你愿意接受的话，我保证竭尽全力，为你赴汤蹈火，在所不辞。"

"那，我必须得告诉你所有事吗？"安妮塔再次问了这个问题，满脸困惑不解，她的双眉紧蹙，形成一条直线。

特拉斯克死死地盯着她看了一会儿，然后说道："你说的话仅限于我们两人知道。什么时间谈，谈什么，不谈什么，都由你来决定。"

他仿佛是在对一个烦躁不安的小孩说话，态度和蔼可亲，主动为她出谋划策，就是语调听上去不像是个文化人。

洛克伍德看在眼里，忧在心头。这个男人对困境中的女孩给予好意和帮助，会不会令她感激涕零，从而让特拉斯克轻易地赢得她的芳心而不是感恩？洛克伍德敏锐地感受到特拉斯克对安妮塔的兴趣，也清楚地明白这个男人对小美人的想法，这令他相当紧张不安。

而洛克伍德对安妮塔的迷恋不仅没有随着她嫌疑程度的增加而减少，他每看那张迷人的脸一眼，心里的爱意反而增加一分。

神秘小姐的神情一直在变幻。前一秒，她是一个眼含伤感的小孩，后一秒，她变成一位神秘莫测的妙龄女郎，瞬间变身为被冤枉的无辜殉难者。

洛克伍德暗下决心，无论如何都要赢得她的芳心，如果特拉斯克挡了自己的路，那就把他清除掉，就这么干。不屈不挠的追求应当可以战胜靠白手起家的无趣男人，比如特拉斯克。另外，他每一秒都在增长的汹涌爱意肯定能打动女孩，只要自己找到机会大胆表白。

洛克伍德并不是个自命不凡的人，但他的确有清醒的自我评价，而且知道他比特拉斯克更适合神秘小姐，当然要等女孩了解到他俩的为人之后。

"我认识一位律师，"洛克伍德开始行动，"就是科林斯的本地律师。奥斯汀小姐，对你而言，本地的律师是不是比外来的陌生人更好些？"

"那是为什么？"特拉斯克反问道，眼睛冷冷地在洛克伍德的脸上扫视。

"因为他应该认识华林博士，而且了解整个情况。"洛克伍德听上去有些心虚。

"强词夺理，"特拉斯克对这个提议不屑一顾，"对了，我保证我对这位女士的收费肯定比其他律师低。"

特拉斯克边说边仰慕地瞥了一眼女孩，几乎是在自鸣得意地暗笑，洛克伍德见了恨不得上前掐住他的脖子。

佩顿太太一直坐在海伦旁边，全程几乎一言未发，此时起身打算离开。

"走吧，海伦，"她说，"我们在这里派不上用场，我得带你离开这种地方。"

她的话在暗示神秘小姐对人的腐化，意思很明显，大家都能听出来，母女俩走了。

"呃，"克雷说，"对本案我已经做出了决定。既然亚当斯先生担保会让奥斯汀小姐随时传候，目前我不会逮捕任何人。我想我已经了解了所有事实。我会重新整理案情，相信不久就会有实质性的突破。"

"放手去干吧。"特拉斯克回应道，于是，在场的人一个接一个起身离开，特拉斯克留了下来，要求单独见奥斯汀小姐。

"我看我还是旁听吧。"老水手这样说，沧桑的脸上严肃而慈爱的神情使得特拉斯克难以拒绝，默然应允。

此人开门见山地进行了询问。

"首先，奥斯汀小姐，你家住哪儿？"

女孩的眼神透着倔强，犹豫了片刻，然后，面色遽然一变，她说："印第安纳波利斯。"

"地址？"

"杰克森大街 627 号。"

听到这，特拉斯克的眉毛一扬，质疑地看着她，但神秘女孩丝毫不显尴尬。

"这个地址你确定？"他说，"我对印第安纳波利斯城很熟悉。"

"我确定。"回答很冷淡，特拉斯克只好继续。

"来之前认识华林博士吗？"

"不认识。"

"从未见过他？"

"从未见过，据我所知。"

"你没杀死他？"

安妮塔只是缓缓地摇摇头，特拉斯克并没有迫使她说出来。

"可是，那天晚上你去了那里。好吧，否认是徒劳的，因为就是你

191

身上穿的这条裙子后背上的小玩意儿，在你坐的椅子绒面靠背上留下了印子。年轻人洛克伍德把印子给抚平了，天知道他为什么要那么干！我肯定，他一定是认为你有嫌疑，就试图用那种方式来袒护你。"

"他会吗？"神秘小姐满怀希望地问。

"他会不会包庇你？哦，我的孩子，他不会的，可是我会。放心把自己托付给我好了，我保你平安，万事无忧。这里，你有索顿斯托尔先生和我，我们都是你的朋友。鉴于目前的情势，你不需要旁人的帮助。我们俩将帮你渡过难关，是不是，老水手？"

尽管早已习惯了被镇子上的人唤作老水手，但亚当斯先生并不喜欢这个陌生人喊自己的绰号，便淡淡地说："我是奥斯汀小姐的朋友，毋庸置疑。"

"我也是。"特拉斯克声明，"小姑娘，你不用把所有知情的事情都说出来，但有些事情你必须告诉我。你的亲戚之中，有没有人叫特鲁斯德尔？"

只有敏锐的眼睛才能捕捉到安妮塔仓促回答时脸上一掠而过的悲伤神色。"没有，至少我不知道。"

"第一个假证词。"特拉斯克暗自思忖，"她的目的究竟是什么？"

可是，他没有说出口，而是问了别的问题："好吧，继续。你为什么来科林斯？"

"画画，"女孩对答如流，笑盈盈地看着他，"我是个画家，你瞧，我画水彩画。"

"好的，我明白了。你为什么把绣花刀藏起来？"

"我害怕。我怕他们以为是我杀死了华林博士。"

"为什么这样想呢？"

"哦，我也不清楚，"此时她开始信口开河，"那些警探很奇怪，在他们眼里，谁都有嫌疑。他们说凶器是一把又圆又尖的工具，所以……所以我就把那个东西藏起来了。"

"你没用它去杀死他？"

"哦，没有！"

"你用什么杀的？"

"我没杀死他。"

"谁杀的？"

"我认为他是自杀。"

"亚当斯先生，"特拉斯克转向老人说，"请让我们单独待几分钟。这是我个人的请求。"

老水手默默地离开了房间。

"听好了，奥斯汀小姐，"特拉斯克一字一句地说，"我知道你杀死了那个人，就像我知道你在这个房间里一样肯定。我也知道为什么。

换句话说，我不清楚具体的原因，但至少我所掌握的信息可以直接与整个案件产生关联。我知道你和特鲁斯德尔家族有血缘关系，不过你可能自己还不知情。听着，这是我的建议。我是个律师，而且我以精明著称。很多次我都把黑的说成了白的，而我在你的案子中同样能做到这一点。只要你嫁给我，我就能帮你脱身。等等，先别说话。我长得还不赖，心眼儿也不坏，况且，因为表亲去世，我成了有钱人。你现在可能还不爱我，可是，我保证，我将赢得你的青睐。我已经爱上了你，从第一眼看到你起，我要娶你做我的太太。你不必现在就和我结婚，等多久都可以，只是你要给我一个承诺，而我将帮你洗清与这个凶案有关的所有嫌疑。另一方面……"

特拉斯克停顿了下来，于是安妮塔说："另一方面？"

"我要告诉你我对你的了解，呃，其实，你自己也清楚，你能逃脱法网的概率有多大！"

"这是个威胁？"神秘小姐骄傲地昂起小脑袋。

"不是，别误会。不是威胁。不过我承认，算是个贿赂。嫁给我，我让你自由。你要是说'不'，我就袖手旁观。法网恢恢，疏而不漏。你这个傻瓜！等法律开始真正紧追你不放时，你以为我还会替你保守秘密吗？克雷目前只看到你和这个案子的关联。洛克伍德已经察觉出你肯定有罪，只是他还在努力说服自己不要相信。老水手对你好，仅仅是看你孤立无援，长得又美，不是因为他认为你是清白的，他和他的妻子一样，都不认为你是无罪的。佩顿母女恨你，出于她们自身的缘故，大概率是因为你横刀夺爱，把洛克伍德从可爱的海伦身边抢走了。但是，如果你接受了我的提议，所有这些都不成问题。我帮你顺利过关。你不仅可以摆脱嫌疑，还会得到所有人的颂扬和爱戴。而作为我的妻子，你将拥有众人瞩目、万人羡慕的地位。"

神秘小姐瞅了他一眼，这一眼不仅上下打量了他，而且似乎看透了他的灵魂，然后，她吐字清晰地说："和嫁给你相比，我宁愿去面对电椅。"

嘲弄的口吻甚至比尖酸的话语更加激怒了特拉斯克。

"哦，"他暴跳如雷，"你会面对的，是吗？好吧，神秘小姐，由着你的性子来吧，很快你的秘密就会公之于众，那时候你就如愿了，就能面对电椅了！"

女孩站起身，立着不动，等着。

"走吧。"她说，没有看他，也没做任何手势。

特拉斯克铁青着脸走了。

"哎呀，亲爱的，"亚当斯太太说着走了进来，"我不要你告诉我任何事情。我的丈夫吩咐我对你好一点，当然我会对你好的，只要你还没有定罪。可是，如果你被定了罪，我……"

"哦，不要抛弃我，"神秘小姐扑到对方的怀里，"我孤苦伶仃，一个朋友都没有……"

"怎么这样啊？你的家人呢？"

神秘小姐站直身子，绝望地试图保持尊严，说："我现在想回到自己的房间，求你了。"

她拖着脚步慢慢地上了楼，快要走到房门口时，洛克伍德在走廊迎上她。

"把我当作你的朋友。"他只说了这几个字，同时伸出一只手。

"我会的。"她把一只小手放进他的手中，只需深深地一瞥，彼此都明白了对方的爱。

洛克伍德的脸上没有显露任何表情，而向来镇定、冷淡的眼睛，此时因强烈的情感而闪闪发亮。

安妮塔读懂了，而她也自然而然地快速做出了回应。

"非常抱歉，我这样偷偷摸摸的，"洛克伍德边走边说，"那个像猫一样的女士，巴斯科姆小姐，监视着你的一举一动，我不会做出任何能让她抓住把柄用来攻击你的事。"

这番话得到了一个感激的眼神，令他满心鼓舞，于是戈登继续往下说："告诉我，我没有理解错你的眼神。你在乎，你会在乎我有多爱你吗？第一眼看到你，我就疯狂地爱上你。你在乎吗，安妮塔？能让我爱你吗？"

"可你不了解我啊，"她温柔地轻声说道，"而且你对我的那些可怕的事情心知肚明。"

"那些事情我一点都不在意。那些事情都不是真的。"

"真的，是真的，有些是真的。还有更可怕的事情你暂且还不知道……你甚至丝毫没起疑心，戈登。"

最轻柔的声音说出最后那个词，完全融化了洛克伍德的心。

她若没有喊他的名字，他可能会被她的话给吓退，然而，轻声呼唤他的名字拨动了他的心弦，在逐渐黯淡的暮色中，他摸索到她的手，说："安妮塔，我需要你，我爱你，这些事都无足轻重。我知道你和这个凶案没有犯罪意义上的关联，即使你被牵连其中，那也是迫于情势，总之，我不介意你是谁，是什么样的人……我爱你，我相信你，我需要你。"

"可是，太可怕了……我不能讲……"

"你不想说的事就不要讲出来。"

"可是，那个男人会讲出来。那个可怕的特拉斯克。"

洛克伍德的爱忠贞不渝，但当他得知特拉斯克掌握了安妮塔的秘密时，不啻当头一棒。

"我不在乎，"他坚定地说，"我爱你。"

# 求　婚

　　莫里斯·特拉斯克采取铁腕手段来治理家政。他把家务活和家政事务一应俱全都交由佩顿太太处置，至于华林博士的商务事宜，他决定要尽快处理干净。

　　"太令人吃惊了，"他对洛克伍德说，"我的表亲竟有这么多各种各样的投资。今天早上的邮件送来杂七杂八的东西，什么雷尔书单、矿产勘探。对了，我想把他的珍本书给拍卖掉。我对那些东西不感兴趣，我相信它们值不少钱。"

　　"有些书是值点钱。"洛克伍德无动于衷地说。

　　他没法让自己喜欢上新东家，但既然答应留下来干一段时间，他就尽力按吩咐办事，做好本职工作。

"把这些通通拿走，就现在，"特拉斯克指着一书架的经典古卷说，"它们对我毫无意义，我不懂拉丁文，也不懂希腊语，我即使懂，也不会读的。老天哪！瞧这本书！"

特拉斯克抽出的那本书，就是曾在华林博士死去的当晚，放在他书桌上的那本。他翻动着书页，其中两页粘在一起，骇人的红色印迹再清楚也不过地表明，那是死人身上溅出的血迹。

"啊呀！"他大叫一声，把书抛给了洛克伍德，"把它烧掉。谁把它放回到书架上的？别再让我看到它！"

秘书接过书，发现那是马提亚尔的书，华林博士生前钟爱的一本书。确实，据洛克伍德所知，在博士死之前，它曾搁在书桌上有一个星期之久。

把溅上血迹的书放在自己的书桌上之后，洛克伍德开始帮忙检查书籍。

他一点也不吃惊地发现，特拉斯克把应该留下的书给扔了，而没有什么价值的书却保留了下来。尽管在华林的图书馆里，没有几本真的称得上是垃圾书。

"小说书都在哪里？"新主人抱怨道，"没有侦探小说？没有带劲的小说？没有笑话集？"

"华林博士是个认真做学问的人，"洛克伍德提醒他，"他不喜欢通俗作品。他是位学者。"

"他确实是位学者，从这些破破烂烂、枯燥无聊的大部头书就能看出来。但是，我要烧掉很多无聊破旧的书，腾出地方来放娱乐性的书。你瞧，洛克伍德，我希望……我期待很快能有一个太太。"

戈登的心脏似乎收缩了一下，他预感到即将发生的事情。

"耶，没错。小个子老莫里斯想要一个妻子，那么，你猜我喜欢上谁了？"

"谁？"戈登机械地做出回应。

"哎呀，除了小神秘小姐，还能有谁？哦，是的，我明白她现在有犯罪嫌疑，不过我可以帮她洗脱嫌疑，我可是个律师啊，你知道的。我们会联手把所有事情摆平。接下来，我让那个不起眼的小丫头摇身一变，成为高贵的莫里斯·特拉斯克的太太。嗨，我的伙计，你觉得怎么样？"

若不是洛克伍德平素已经养成了波澜不惊的习惯，他此时肯定会怒不可遏。实际上，他的内心在沸腾、在燃烧，而理智告诉他，流露出一丝惊讶或恼怒都会招惹对方做出更加过分的事。

再退一步说，如果特拉斯克确实是个精明的律师，如果他手里握有对安妮塔不利的证据——她做过某事的暗示，那么，洛克伍德说服自己必须与特拉斯克搞好关系，至少在案情取得更大进展之前需要维持好关系。

于是，他漫不经心地问："那位小姐答应了吗？"

"呃……还没有，不过……依我看，洛克伍德，你也动了同样的心思，是不是？"

"我非常仰慕奥斯汀小姐，是的。"

"那么，你退下吧，听到了吗？"

"听到了。"洛克伍德毫不为意地淡淡回答道，可是当特拉斯克抬头看到秘书眼中冷冷的怒视时，他便放下了话题，又去摆弄书去了。

自从华林死后，洛克伍德便养成了回亚当斯公寓吃午饭的习惯，这是新东家喜闻乐见的事，当然，这更是因为他想趁机见到安妮塔。

午餐桌上，特拉斯克借机对奥斯汀小姐赞不绝口。

海伦·佩顿先是耐着性子听着，最后终于忍无可忍："我真搞不懂，那个个子瘦小、皮肤蜡黄的小丫头身上，有什么值得你夸奖的地方？还有，她是个邪恶的女孩。我认为是她杀死了华林博士，她避开众人耳目，大半夜干的，如果那不算是犯罪，我不知道什么才算是犯罪！可是，当她装出一副可怜巴巴的样子时，所有的男人都被她迷得神魂颠倒！"

"嫉妒了，佩顿小姐？"特拉斯克目光犀利地看着她。

"没有，"海伦摇摇头，"我没有理由嫉妒。那个女孩对我来说不算什么，她越早滚出科林斯越好。当然，如果警察允许她走！"

"佩顿小姐，"特拉斯克郑重其事地说，"还有佩顿太太，听好了，我就说这一次，我不想在这个家里听到奥斯汀小姐的坏话！随便你们怎么理解，但记住就好。谁说安妮塔一个不字，谁就立马滚出我的家，永远不要回来。明白了吗？"

"明白？是的，可是我告诉你……"

"嘘，海伦，"母亲发话了，"我们想留在这里，是不是？算了，算了，既然特拉斯克先生是认真的，我看你就该顺从他的意愿，反正我会。"

"这就对了，佩顿太太。如果你的女儿忘记了我的忠告，我就委托你来随时提醒她。这事到此为止吧。"

莫里斯·特拉斯克用这种方式处理所有出现的问题。他的话便是法律，没有一个多余的字。

仆人们要么服从，要么走人。管家太太是这么被告知的，而秘书对此也心领神会。

用完午餐，特拉斯克回到书房，坐在书桌旁陷入沉思。

"必须得把女孩弄到手，"他对自己说，"手里有不少东西可以牵掣她，只是，她不好驾驭啊，这一点很明显。还有，她爱上了洛克伍德。得把他赶出镇子。有他在身边，什么事都做不了。现在问题是，怎么赶呢？莫顿暗示过，他欠了一屁股债。如果真有此事，那他就有旧账可以挖，估计我能挖出点料……必须得试试，能不能挖出来再说。嗯，不知道那个小丫头到底有没有刺那一刀。难以置信哪，不过那孩子确实有种。她肯定有！这么看，她肯定是特鲁斯德尔家族的人，旁人可没有那么浓密的眉毛，在黑眼睛上方都快连成一条直线！天哪，如果她是特鲁斯德尔家族的人……上帝啊，我一定得把她娶到手！我先吓唬她，让她主动投怀送抱！莫里斯，好伙计，现在得大干一场。"

拍了拍帽子，他向亚当斯公寓方向走去。

仿佛老天安排，他迎面遇到安妮塔和秘书向他走来。

"逃学了？"他兴高采烈地对洛克伍德喊。

"我正在去你家的路上。"戈登冷淡地回道。

"你也去吗，神秘小姐？"特拉斯克冲她一笑，嘴都咧到了耳后根。

"不去，我是去邮局。"

"啊，我明白了。那么，洛克伍德，你去吧，我来陪奥斯汀小姐。"

一时找不到借口拒绝这个安排，只得听从，于是特拉斯克与女孩同行，而洛克伍德去往华林家。

"呃，我亲爱的小姐，"特拉斯克没有理会女孩的厌恶，开口说道，"你最好对我有个彻底的了解。我是拿鞭子的人……或者换句话说，这么说不太好听，也可以说，我手里有王牌。你看，我对你的底细了解得一清二楚。我知道那天晚上你为什么要去博士的书房，还有，我知道那里发生了什么。"

"你不知道，"安妮塔淡定地说，"你是在虚张声势，我看穿了。"

"不，我没有，不算完全虚张声势。确实，有些事情我目前还不了解，但很快我就会掌握！别妄想能瞒得住我！我打算花一个礼拜的时间来调查，这也是在给你机会。一旦我找到了我想找的东西，我就会公之于众，你觉得怎么样？"

安妮塔的眼中显出惊惧的神色，她结结巴巴地说："不要，哦，特拉斯克先生，不要！"

"哈！害怕了？就知道你会怕！得嘞，你知道我的开价。嫁给我，答应嫁给我，就这样，我将尽心尽力地帮你从这件事情中脱身。帮你洗清一切嫌疑，也可以帮助任何你喜欢的人。"

"我听说不找到杀害华林博士的凶手，你将绝不罢休。"安妮塔避重就轻地说。

"是的，是的，可那是在我见到你之前说的。现在即使你杀死了科林斯城里一半的人，我都不管，我还是想要你。你彻底把我迷倒了。你这个傻乎乎的小丫头片子，说不上哪儿漂亮，除了那双忧伤的大眼睛，还有粉嘟嘟的小嘴！我会给那张忧郁的小脸蛋带来笑容。哦，安妮塔，我不是暴君，我真的爱你。别再傻傻地喜欢洛克伍德，那只是一时的

204

好感而已。再说，他没钱，还欠了一屁股债，哦，比起他，我这个结婚对象要好上一千倍！"

"你应该明白你的这番话会毁了你的事业。"女孩冷冷地看着他，眼里满是不屑。

"那我就不说那样的话，"特拉斯克低三下四地说，"安妮塔，接受我吧，你可以把我改造成配得上你的人，我将对你百依百顺。你想让我看什么书，我就看什么书，我会变得有教养、有涵养……叫我做什么都行。"

安妮塔啼笑皆非。"你可真逗。"她说。

可这有点伤害了特拉斯克的自爱。

"真逗，我吗？"他暴跳如雷，"真逗！你会看到我到底能有多逗，在我向警察告发你的杀人动机的时候！你会看到我到底能有多逗，在我否认对你有利的证据，在法庭上我将保持沉默而不是替你辩护的时候！听好了，安妮塔·奥斯汀，你在我手掌心里攥着呢，千万别忘了！你有一个深藏不露、不为人所知的秘密。虽然我还没有完全掌握，但我很快就会知道。凡是莫里斯·特拉斯克想要知道的，他就一定能知道。听到没？那么现在，你愿意告诉我，你是谁，或者不是谁了吗？愿意告诉我，你的父亲是谁？你的母亲是特鲁斯德尔家族的人，对此我敢打包票！"

神秘小姐的脸色阴沉了下来，脸上写满了悲惨的绝望。她瞅了一眼特拉斯克，他脸上坚定的表情告诉她，除非接受他的条件，否则她将别无指望。

那些条件对她来说苛刻无比。刚刚才意识到自己爱上了洛克伍德，刚刚才领悟了爱情的意义，刚刚才品尝到爱情的甜蜜，但也刚刚才认识到自己深陷困境：一个急需保守的秘密、特拉斯克告发的恶果，两者一旦成真，神秘小姐将万劫不复。

"你说你会给我一个礼拜的时间考虑？"踌躇许久，终于她抓住一个暂缓的机会。

特拉斯克好奇地看着她。

"那对你又能有什么好处呢？最好还是立刻扑到我的保护的怀抱中来。你失去的每一天都在接近暴露的那天。"

"好吧，我就冒一次险！不管怎样，他们都无法给我定罪。"

"哦哟，哦哟！指望用美色来拯救自己！好吧，老实说，我确实认为警方不会把像你这么漂亮的女孩送上电椅，可是，即使十二人的陪审团不忍心看你被电死，但一场给你定罪的审判将把你暴露在世人的目光之下，还得蹲监狱！"

"哦，闭嘴！特拉斯克先生，你就没有怜悯之心吗？"

"只对愿意做我妻子的女孩有无限的怜悯。对不相干的人，一丁点也没有。尤其对嘲讽我，宁选我的秘书也不选我的女孩。我是个有血性的男人，确实是的，你别想要弄我，妄想侥幸逃脱！"

"我没想要弄你，如果你的意思是指出尔反尔的话。不过，我真心请求你给我几天的时间好好考虑一下。这个要求不过分，是不是？"

神秘小姐浅浅的微笑甜美而诱惑，特拉斯克难以招架。

"好吧，"他如饥似渴地盯着她那张妩媚的脸蛋，"那就给你几天的时间。不过，唯一的条件是，你不能让洛克伍德向你求爱。答应我，在四十八小时之内，你不能单独见那个男人。"

"我才不会答应呢！"

"你必须得答应，不论你能不能做到。"

"好吧，我答应。"

他严肃地看着她。

"你要遵守承诺，否则你会后悔的！我对你的承诺不抱太大希望，你不是那种守信用的人。不过，记住，我是有能量的人。莫里斯·特拉斯克想做什么，他都能办到。要是忘了这一点，你将追悔莫及。"

安妮塔冷冷地对着他说："我答应了你，就会守信用。这个承诺又不难遵守。"

她撇了撇嘴，他以为女孩一定是心绪不宁，可她的脸上却没有显露出一点迹象。

在特拉斯克的陪同下，安妮塔去了邮局，过后，草草和他道了一声再见，便走进一家颇具规模的布店，他没有跟进去。

然而，如果特拉斯克注意到她稍后的举动，他一定会感兴趣的。女孩径直走进了一座电话亭，给华林家打了一个电话。伊藤接的电话，当她问能否转接给洛克伍德先生时，贴身男仆二话没说便照做了。

"戈登？"听筒里传来温言细语，"我是安妮塔。"

接着，她迅速而完整地叙述了她和特拉斯克之间发生的一切。

"所以，你瞧，"最后她说，"我实在是需要两天的时间把事情理出个头绪来，我不能单独见你，否则他肯定有办法发现。"

洛克伍德说："那我们就在电话里谈恋爱。让我想想，今晚我进趟城，然后给你打电话……"

"不，那样不行。我无法在亚当斯公寓的前厅里和你通电话！我有个更好的办法。明天，等特拉斯克先生出门，你把电话打到公寓，然后我出去找一个公用电话，再把电话打到你这里。后天就到期限了。"

"好的，那接下来你打算怎么做呢？"

"不知道，"女孩的声音突然失去了欢快，"我得好好想一想。再见。"

"哎，等等。晚饭的时候能见到你，对不？"

"哦，是啊，就今晚。可惜还有其他人在场。"

又说了几句话之后，安妮塔走出电话亭，慢慢地往家走。

特拉斯克回到书房，对洛克伍德说："你马上着手处理这些旧书，可以吗？我要清空书架，放我自己的书，我已经邮购了。"

"好的。"秘书一边回答，一边暗自比较即将到来的新书与被替换掉的书之间的天差地别。

"特拉斯克先生，你是否介意我拿走几本旧书？我会按一级经销商核定的价格付给你钱。"

"哦，想拿什么就拿吧，不用付钱。我今天心情好，洛克伍德，别错过这个机会，书架上的书你随便拿。"

"谢谢，我不会趁机利用你的善良和大方。"

他确实没有趁机大捞特捞，然而，在他拿走的为数不多的几本书当中，就有那本血迹斑斑的马提亚尔《警句集》。

尽管看上去触目惊心，但洛克伍德仍带着敬意看着这本书，然后翻到令旧主人睿智的头脑在死前仍感兴趣的一页。

猩红的血迹模糊了字体，可洛克伍德仍久久地凝视着模糊不清的页面。

他心想："不知道一个出色的侦探能不能从这里面看出什么端倪。有个叫斯通的侦探，默瑟总是赞不绝口。我猜他收费肯定高得离谱，不过这个案子或许会让他感兴趣……可是，还要顾及安妮塔。如果能扭转对她不利的势头……"

那天下午晚些时候，特拉斯克又出了门，洛克伍德没放过这个机会。

他把电话打到亚当斯公寓，对安妮塔说："听好了，亲爱的，除了是或者不是，你什么都别说，这样的话，旁边没人能听懂。"

"好的。"电话另一端传来回答。

"我刚刚想出一个办法，打算请一个高明的侦探来破这个案子。我是说一个真正的侦探，准确地说是，弗莱明·斯通。"

"哦，不行！"安妮塔听上去非常不安。

"为什么不行？"

"我现在这样没法跟你解释！你刚才说过……"

"哦，是的。好吧，这样，我来问问题。你想不想让我这么做？"

"不想！"回答斩钉截铁。

"你不希望我这么做？"

"非常不希望。"

"因为你担心会对你不利？"

"是的。"

"你确定你没有夸大那样做的危险程度？"

"我确定。"

"那么，没什么好说的了。再见。"

洛克伍德挂上电话，一转身看见特拉斯克皱着眉头看着自己。

"你和奥斯汀小姐就是采取这种不正当的手段来达到目的的？"

"不失为一种办法。"洛克伍德淡定地说。

"她答应我不再单独见你——她就是这样口头上答应，而事实上毁约的？"

"别责怪她。是我给她打的电话，不是她打给我。"

"一回事。我刚才偷听到了那段有趣的对话，我猜奥斯汀小姐不希望弗莱明·斯通来接手这个案子。"

"你爱怎么想就怎么想。"

"洛克伍德，听着，你想和我作对，那你就错了。我会是你更好的朋友，而不是仇人。"

"我既不想把你当作仇人，也不想当作朋友。"洛克伍德不卑不亢，淡然面对。特拉斯克察觉到这一点，继续上前示好："我亲爱的洛克伍德，听清楚了，我现在打算去做的是，亲自雇用弗莱明·斯通。"

洛克伍德听了大惊失色。起先他还在窃喜，因为他确信斯通有能力破这个案子。可是一转念，又想到这样会让安妮塔定罪，尽管洛克伍德深信她是清白的。就在这一刻他醒悟过来，原来自己对安妮塔的深信不疑是出自对她的爱恋，不敢想象斯通将证明她有罪！

这样不行！可是……

他一抬头，发现特拉斯克开心地冲着他笑。

"你一向名声在外，说你喜怒从不形于色，洛克伍德，可在我眼里，你就是一本敞开的书！当然，这仅仅是因为你在面对一个难题。你想让斯通来，但又怕他会查出奥斯汀小姐与这起谋杀案有着千丝万缕的关系。不过，我已经做出了决定，如果你采取任何行动来改变我的决定，你将会发现，那样只会置奥斯汀小姐于不利的境地。"

　　"特拉斯克，放过她吧，要不我和你好好谈谈。"

　　"你有资格叫我放过她吗？"

　　"我有。"

　　"你和她订婚了？"

　　"从我的角度看，我们订婚了。奥斯汀小姐希望稍晚一些再宣布，但我可以私下里替她告诉你。"

　　"哦，私下里，好吧。不用担心我会走漏消息，因为，你懂的，我已下定决心要娶安妮塔。即使弗莱明·斯通证实她是个杀人犯，我也会娶她。她会逃脱法律的制裁，还有哪个男人能做到呢？"

　　洛克伍德态度大变："那么这样，如果你无论如何都打算把斯通请来，那我俩为何不联手一起来查案子，而不是整天斗来斗去呢？不论我们有什么想法或看法，其实我们都想尽全力帮奥斯汀小姐摆脱麻烦。让我们做朋友吧，与斯通商量一下案情，然后……"

　　"我同意！一旦我们发现对她不利的情况，立马把他打发走！"

"嗯，好的，只要我们能做到。"

"当然能做到。我有钱，什么事都能办到，哪怕买通弗莱明·斯通都行。有钱能使鬼推磨嘛！"

"我和你的看法并不完全一致，但我的意思是这样的：如果斯通能破案，帮安妮塔洗脱嫌疑，那就让他这么做。倘若他发现她被牵扯进去，那就事先和他说好，让他立刻停止调查。"

特拉斯克盘算了片刻。

"就这么说定了，"他说，"我同意。"

# 弗莱明·斯通来了

"泰伦斯。"

"是，先生。"

"我们启程，去新英格兰。"

"明白，新英格兰。"

"今天下午出发，在科林斯的传统英式环境里待上几天，也可能一个礼拜。"

"明白，科林斯。"

这场对话虽然有点简短，但对弗莱明·斯通的助手兼事务主管来说已经能够获取足够的信息，他将着手准备这趟旅行，接着订车票，最后和主人一道准时到达火车站。

泰伦斯·麦奎尔又名小谎，因为他总是爱说瞎话。一开始在斯通的办公室里做勤杂工，后来凭借在侦探工作上的天赋以及对斯通死心塌地的忠诚，逐步成长为一个能干而受赏识的得力助手。这个小伙子不仅游刃有余地打理着工作和旅行中的方方面面，而且他的奇思妙想也常常帮助斯通茅塞顿开，事实上，他们更像是工作上的搭档。

他们订的包间在火车的尾部，车一开动，斯通便开始与助手讨论起案情。

"当然，我还没有掌握所有的细节，"他说，"但是我心里已经有了大概。"

"让我猜猜，"机灵的小谎开始了发挥，"一个人被发现丧命于密室之中。"

"你真是个鬼才！你是怎么想到的？"

"斯通，因为那是你最喜欢的案件类型。再透露点信息给我听听。"

"比这还要有趣，因为这次的受害人是一个大人物，也是个好人，具体就是，科林斯大学的候任校长。"

"天哪！是有人不想让他当上校长吗？是这个动机吗？"

"肯定不是。信里没有提到这一点。"

"是谁写的信？"

"一个继承了所有财产的亲戚。"

"是他本人干的？"

"目前还没有理由这么推断。不能靠瞎猜去确定真凶。本案的关键是，反锁的房间。"

"人是怎么死的？"

"捅死的。凶器没有找到，密室里没有进出的通道。完美的谋杀案。"

"算是的，除非我们找出一座秘密楼梯，或者一个撒谎的仆人。这类案件通常都是出于这些原因才败露的。"

"小谎，你是男卡珊德拉。"

"那是什么？"

斯通解释了一番，他有一个习惯，会利用空余时间教麦奎尔一些知识，以弥补年轻人教育上的欠缺。

"不过，在这次的合同里，有一条反常的条款，"斯通重新回到案情上，"如果我们找到指向某个方面的证据，追查即刻终止。"

"那怎么能行？"

"当然不行。所以我要尽快查明情况。假如我能找出符合描述的凶手……我觉得调查不会牵扯进一个女孩子，这种情况很罕见。"

"太反常了，可是，弗莱明·斯通，战争结束后，女孩子个个都独立、傲慢得很哩，所以很难说她会干出什么事来。我看凶手是那个女孩，

216

有谋杀嫌疑。"

"小谎，你这个笨蛋。"

"不，先生，我不承认我是笨蛋。先生，您瞧，如果他们那么害怕嫌疑会落到那个女孩的头上，必定事出有因。然而，正如您所猜测的，如果她没杀人，他们是希望帮她彻底洗去耻辱。"

"一切推论都很完美。可是在我们没有取得事实之前，所有的判断都是不理性的。"

所有事实都被一五一十地讲述给他们听，那是在数小时之后，他们坐在约翰·华林咽下最后一口气的房间里，莫里斯·特拉斯克也在座。

"我说话向来很直率，"特拉斯克不想在火眼金睛的侦探面前装腔作势，"我已经继承了我表亲的财产。他是我的第二代表亲，我下定决心要找到杀死他的恶棍。但是我希望能娶为妻子的那个年轻小姐却因为某种原因，被列入嫌疑。如果你能破了华林博士的谋杀案，同时消除对那个女孩的任何指控，那就放手去干吧。可是，如果你的调查指向她，那就马上停止。我还是会和她结婚，不论她有没有杀人。我只是想知道，她到底是不是清白的？"

"你不能从那位年轻小姐本人那里得到真相吗？既然她是你的未婚妻？"斯通问。

"哦，她当然声称自己没杀人。但是有大量的证据，或者说确凿无疑的证据对她不利，这是最大的疑点。"

"先说说主要事实吧。尸体在哪里被发现的？"

"在那张书桌旁的椅子上。和平时晚上一样，他坐在书桌旁边，看一本拉丁文书。你瞧，他没有做什么惹祸上身的事情。"

"早上发现尸体的？已经死了整晚？"

"是的，两个问题的答案都是肯定的。而且房间门是反锁的，只好破门而入。"

"没发现凶器？"

"毫无踪迹。"

"那就排除了自杀。"

"是，也不是。你也可以说，密室排除了他杀。"

"但肯定是二者之一。相比较想出自杀如何处理武器而言，寻找出凶手进出密室的办法是不是更可信一些？"

"是的，说得没错。但我希望你能把两种可能性都调查一下。你瞧，你若能证明是自杀，那就立刻洗清了奥斯汀小姐的嫌疑；如果事态发展对她不利……我希望你把案子……呃，搁置起来，很难找到合适的词语表达……"

"我来说，"小谎说，"如果事情对奥斯汀小姐不利，你希望斯通先生谎称是自杀，然后当作真相宣布。"

218

"就是这个意思，"特拉斯克把所有的底牌都亮了出来，显然如释重负，"我不希望奥斯汀小姐背上嫌疑的名声，但我要知道她是否清白。"

"有没有其他的嫌疑人？"斯通问。

"没有明确的。有个日本人在案发当晚潜逃，对了，还有一个秘书，戈登·洛克伍德。我觉得他嫌疑很大，因为他有一个圆形银质笔架，和致华林毙命的伤口吻合。但又不像是他干的，按理说他不应该还留着笔架，被人当作证据，他本可以把现场布置得更像自杀。再者，问题又来了，他是怎么把自己反锁在门外的呢？"

"这个问题首先要解决掉，"斯通说，"当然，我要查看一下房间，不过在当地警方和探员都已经搜查过的基础上，我怀疑不会有什么启发价值的发现。从我目前来看，这个案子颇为奇特，我相信我们能找出一些令人吃惊的证据，而且很快。再跟我说说奥斯汀小姐更多的情况。她是谁？"

"没人知晓。事实上，大伙儿都叫她神秘小姐，因为对她的情况几乎一无所知。她不知从哪儿就突然冒出来，出现在科林斯。她在这里没有一个熟人，后来她结识了几个人，于是她被带到了这里。她和华林博士相遇，在二十四小时之内，把他迷得神魂颠倒，似乎是他主动约她深夜来书房见面。她一开始说自己没来过这里，可是因为她在那把椅子靠背上留下了裙子装饰的印痕，而且原来在博士这里的红宝石领带夹和大笔现金都在她手里，谁看了都会说，这有点蹊跷。"

"那些财物是不是栽赃陷害她的？"小谎插嘴问道。

"她就是那么声称的，或者更确切点说，是她曾经声称的事情之一。那个女孩不断地自相矛盾。她今天说是这么一回事，明天又说是那么一回事。"

"漂亮吗？"这是小谎的提问。

"美若海妖！那个描述不是不好的意思。她的眼睛又大又黑，两道黑色的眉毛直直的，几乎连在了一起。那张小脸表情生动，一会儿俏皮，一会儿鄙视，一会儿开心，一会儿可怜，全凭那个小妖精随心所欲。我是彻底拿她没辙，如果能抓住她的把柄或者知道她以前的历史，那就再好也不过了。但是，是这样的，如果她和这起谋杀案没有任何纠葛，我也要知道。"

"那如果她有呢？"

"那样的话，不要让其他任何人知道。斯通先生，一旦你查到了安妮塔·奥斯汀谋杀约翰·华林的真凭实据，或者一旦她认了罪，你就调转到自杀的方向，到时候我会付你双倍的报酬。你无须做任何违法的事情，你明白的。只要搜集所有指向自杀的证据，然后就此定论。只要你这么说了，就没人会逮捕奥斯汀小姐。"

"特拉斯克先生，你一定是疯了，"斯通冷冷地回道，"我绝不会按照这种原则来开展业务。我不会为了把你爱的女士从法律惩罚中解救出来，而去做伪证。"

"你还没有见过她，"特拉斯克点了点他睿智的脑袋，"等你见到就明白了。"

"把所有对她不利的证据告诉我。"侦探提醒他说。

"我会告诉你的。我宁愿你是从我这里了解到情况。不是说我会歪曲事实，那些事实无可辩驳，只是其他人可能会夸大其词。下面就开始吧。这个女孩到这里一两天之后，就被人看到在亲吻华林博士的照片，那是她从报纸上剪下来的。我现在把这个情况告诉你，是因为早晚会有人告诉你，而那些流言蜚语会说这表明两人之前是旧相识。可我认为那只是女孩们的偶像崇拜，这个女孩子仰慕有学问的人，虽然她从未见过他。"

"有道理，"斯通表示赞同，"但也不是绝对的。她否认他们彼此认识对方？"

"是的。发誓从未见过他，直到她刚到这里不久的一天晚上，她才去听了他的讲座。"

"她来科林斯的目的是什么？"

"画画，她是个画家。"

"继续。"

"好的，如我刚才所说，她肯定在那个礼拜天晚上到过这里，因为在她住的寄宿公寓里，有一个寄宿者目睹她穿过这片雪地。还有，雪地上的脚印恰好与她的鞋子大小吻合。另外，脚印直接通到书房外的门廊，那里有一扇落地窗；接着脚印又直接通回到亚当斯公寓。"

"哇哦！"小谎不禁发出惊叹，"你有没有添油加醋？"

"警方就是这么跟我说的！"特拉斯克固执地辩称，"斯通先生，我希望你能了解到事情的全貌，省得有人断章取义。"

"继续。"

"好的，他们说，女孩在那把椅子上留下了她裙子装饰的印痕，然后，洛克伍德，那个秘书，第二天早上刚发现尸体，就把印痕擦掉。目前有两个目击证人看到了这一幕。"

"他们是谁？"

"伊藤，日本贴身男仆；佩顿小姐，她住在这个家里。"

"继续。"

"好的，后来，自从凶案发生之后，奥斯汀小姐的举止就很诡异，言谈举止都很诡异。刚才还孤苦悲戚，一眨眼就变得凶悍无礼。我一点都看不透她。她对这个洛克伍德情有独钟，你瞧，我只好把他排挤出去。我猜想，如果你证实了奥斯汀小姐的作案嫌疑，而我仍然愿意娶她、隐瞒整个事情真相、伪造成自杀……"

"你猜想，那样的话，她就会撇下秘书，投入你的怀抱。"小谎脱口而出，被这个男人的如意算盘惊得目瞪口呆。

"说得没错。你瞧，斯通先生，我没打算骗你。我一方面为我表亲的去世感到发自内心的悲痛；另一方面，我提醒自己，我和他素昧平生，我愿意不惜代价替他报仇，但有一种情况除外，安妮塔·奥斯汀没有牵扯进本案。"

"我明白。"与助手的反应不同，斯通似乎对这番对话一点不感到震惊。

"还有一件怪事，"特拉斯克说，"警方告诉我，尸体被发现的时候，在他的额头上有一个环形印记。"

"是印章吗？"

"哦，不是。不是戒指，而是一个圆圈，直径大约两英寸，红色印痕，仿佛是一个记号，或者符号之类的东西。"

"印子是留在肉里的？"

"尸体做了防腐措施后，印记就消失了。防腐剂把它弄掉了。我没亲眼看到，但听说是一枚轮廓清晰的圆环，很明显是成心按压上去的。"

"听起来像是秘密组织的记号。"小谎提出自己的想法，但斯通没有理会。

"我们再理清一下案情，"他说，"华林坐在书桌旁，而秘书在门外的大厅里？"

"是的。那个日本人，是指另外一个，失踪的那个，端水进来，然后华林博士关上门，反锁上。"

"立刻锁上的？"

"这一点我就不清楚了，但总之，我们目前还没人从那以后再看到活着的博士。野路没有嫌疑，因为他退出房间后，博士起身锁门；洛克伍德也没有嫌疑，因为他听到了房门上锁的声音，后来也无法进入。他多多少少受到怀疑，是因为他有一座笔架，虽然我巴不得他就是凶手，但我知道，他不是。"

"你很坦诚，特拉斯克先生。"

"是的，因为我想要真相。你能查出真相吗？"

"我能。"

"你仍然排除自杀可能？"

"没有武器，我就看不出这种可能。你提到死亡是瞬间发生的？"

"是的，医生对此看法一致。显然他没有机会藏匿或者处理掉自杀的武器。"

"可是他为什么这么做？自杀的人从来不会伪造成他杀，但杀人犯往往会伪造自杀现场。"

"但这个案子却没有发生这种情况，否则的话，凶手应该把武器留在现场。"

"也许那恰恰是他忽视的地方。现在，我们得查看一下凶手是如何逃脱的。该干活了，小谎。"

在接下来的半个钟头内，三个人彻底搜查了房间。倘若里面有秘密出口，或者暗道，肯定能被找出来。弗莱明·斯通精通建筑构造，他不会漏过任何一处迹象，而小谎心明眼亮，稍有不寻常之处，都逃不过他的火眼金睛。

"没有出口，"斯通不得不宣布放弃，"也没有出了房间后，再把门和窗反锁的办法。他杀和自杀看似同样站不住脚。有没有可能是自然死亡？"

"颈静脉上有一个圆形洞口的人会自然死亡？不，先生。这里的医生都不会认同这个判断。再动动脑子。"

"我的脑子在动。刚接触这个案子，我就发现，我以前从未接手过如此错综复杂、匪夷所思的案件。或许随着调查的深入，最后发现只是一个简单的案件，但眼下我还不敢想象。即便是你的奥斯汀小姐作的案，那么她是怎么进出房间的呢？"

"哦，是的，她进过房间。华林放她进来，从落地窗放进来。也许正是在那个时刻，他把门锁上了。可是，假设是她杀死了他，她是怎么出了房间又把门反锁上的呢？"

"她做不到。窗户上的插销都插紧实了，不可能从窗外投掷武器。对这个问题我现在无法解释。案情太扑朔迷离。我何时可以见奥斯汀小姐？"

"今晚太迟了，明天早上应该可以。她不会跑的，警方不允许她离开柯林斯。"

"可是警察不能控制她。"

"他们就是这样做的。警方宣称，她是最后一个见到死者生前的人。"

"她对此承认了吗？"

"没有！她不肯承认任何事情。从那个小斯芬克斯口中，你什么信息都打探不出来！"

"那好吧，特拉斯克先生，如果你的故事都讲完了，不妨容我待在这里好好琢磨一下案子，到时候我会自己上楼回房间。"

特拉斯克回房睡觉，斯通和他年轻的助手坐着，面面相觑。

"碰到难题了，弗莱明·斯通？"

"小谎，确实如此。不过，这个案子越是不可思议，答案反而肯定就在伸手可及的地方。不可能是自杀，因为武器不在现场；不可能是他杀，因为房间被反锁。既然必定是两者之一，那么，必须符合一个条件，那就是，要么武器就在现场，要么房间没有被反锁。"

"你是说当时，不是指现在。"

"是的，案发当时。但我目前不认为有人故意破坏现场，毕竟，秘书为什么要拿走凶器，制造自杀假象？"

"如果是他杀的，他就会这么干。"

"不是他干的。特拉斯克看出了这一点。那个特拉斯克眼光毒辣，他看透了这里的一切，当他发现自己实在看不出破案的眉目，才来找我。这对我来说是个很大的挑战，泰伦斯，只怕我要功亏一篑，半途而废了。"

"弗莱明·斯通，没有你破不了的案，只是，我斗胆说一句，我也看不出什么头绪来。"

翌日清晨，莫里斯·特拉斯克去了一趟亚当斯公寓，把神秘女孩一起带了回来。

她非常配合，面谈就安排在凶案发生的书房内。

斯通留意到女孩对现场没有表现出任何恐惧和抗拒，甚至还坐在了他特意安排的椅子上，而正是那把软包椅出卖了她裙子的印痕。

弗莱明·斯通饶有兴趣地打量着奥斯汀小姐。特拉斯克所言不虚，是个美丽的姑娘，但显然莫里斯·特拉斯克对她身上的温文尔雅和冰雪聪明视而不见。

第一眼看到她，斯通的想法是："那个孩子会杀人？不可能！"可片刻之后，他变得没有把握起来。

小谎只是站在一边观察着她，毕竟还轮不到他发言，除非被问及。

于是他保持缄默，任由目光尽情地享用那张秀色可餐的生动容颜，脸上的表情每一秒都在流转。

问了几个无关紧要的问题之后，斯通单刀直入："你来科林斯之前，认识华林博士吗，奥斯汀小姐？"

"不认识，"她的回答略显犹疑，"我听说过他，但从来没见过本人。"

"你是通过什么途径听说他的？"

"报纸上有很多有关他的竞选报道。"

"那些让你感兴趣？"

"兴趣不大。"她的态度突然变得倨傲起来。

从那刻起，她的证词变得极不配合。她心不在焉地听着斯通的提问，只用一个词或者动动脑袋回应。她甚至向小谎暗送秋波，小谎简直受宠若惊，心中一阵狂喜，立刻俯首称臣，拜倒在她的石榴裙下。

斯通还在继续发问，慢吞吞地问了一串无关紧要的问题，语调毫无起伏，终于，他仍然漫不经心地问道："那天晚上，你看见华林博士的时候，他的额头上有一个红色的圆环吗？"

"没有，"奥斯汀小姐回答道，紧接着，她猛然反应过来，急切地大喊，"我的意思是，我不知道。我没来过这里。"

斯通似笑非笑，说："你来过这儿。现在我们聊聊在你拜访期间，都发生了什么吧。"

这时，紧闭的房门上传来轻轻的敲击声，打断了面谈。

特拉斯克一脸不耐烦地站起身去开门。来人是伊藤，带来了一封给奥斯汀小姐的电报。电报本来是投递到亚当斯公寓的，现在被送了过来。

神秘小姐读完电报，费了好大的劲才控制住激动的情绪，她疾步走向熊熊燃烧的炉火，将电报纸掷了进去。

"跑一趟电报局，再抄一份过来。"斯通平静地吩咐，小谎依言行事。

"坦白吧，交代所有事实。我已搞定卡尔。"署名只有一个"A"，显然这对收到电报的人是个晴天霹雳。神秘小姐默默无言地坐着，绝望地睁大眼睛，无助地依次看着屋内的人。

斯通的口气略微缓和了些，不再那么不近人情："你不认为自己最好接受 A 的建议，彻底坦白交代吗？"

# 神秘女孩的证言

　　神秘小姐瞅瞅斯通不动声色的面容，又看看小谎男孩子气的急切神情，然后，瞟了眼莫里斯·特拉斯克。

　　特拉斯克流露出深切的同情和关注，但也同样保持警惕，似乎时刻准备着打断任何会伤害到女孩的言语。

　　"首先，"斯通开口说道，"是谁从旧金山给你发来那封电报？"

　　"我不知道。"镇定自若的秀丽面庞与斯通一样面无表情，而她大言不惭的样子仿佛说的都是真话。

　　"奥斯汀小姐，"斯通的语气陡然严肃了起来，"只有配合才对你有利。闪烁其词或者敷衍搪塞都对你毫无益处。倘若你回答得不诚实，我一定能自己查出事实真相。我有这个能力。"

"既然你能查出来发电报的人是谁,那就去查呗,"她反唇相讥,"听好了,我不知道是谁发的电报,也不知道'A'是谁。"

"我知道那个女人是谁。"小谎说,安妮塔听了一惊,迅速瞟了一眼小谎,男孩明白自己的小计谋发挥了作用,至少可以确定发报人的性别。

这个机灵鬼心里琢磨:"她已经搞定了卡尔。或许卡尔是那个逃跑的日本人的代号。可是,距离也太远了。他们如何能在这里和加利福尼亚之间开展行动呢?"

"奥斯汀小姐,"斯通试图赢得她的信任,"相信我,我是真心想要帮你。请告诉我那个礼拜天晚上,你为什么要来这里。抵赖说你没来过是无用的,拜托告诉我原因。"

安妮塔看上去很困窘,踌躇了片刻,她问:"你认为是我杀死了华林博士?"

"我知道你没有,"小谎迫不及待地插嘴,"都说出来吧,奥斯汀小姐,我向你保证,弗莱明·斯通先生会把整个案子查个水落石出。"

"我已经掌握了大部分案情,"斯通微微一笑,趁略占上风,赶紧乘胜追击,"你很晚才过来,悄悄地穿过了那片雪地。华林博士放你进来的?"

"是的。"安妮塔吐出这个词，亮晶晶的眼睛紧紧盯着斯通的脸。她仿佛被催眠了一般。

"然后，你坐在现在坐的那把椅子上，而他锁上了门，他为什么要锁门？"

"我不清楚，他没有！别问了！你没有权利这样折磨我！我有律师，特拉斯克先生是我的律师。让他告诉我该怎么做！"

她的神经紧绷，纤细的手指不停地绕来绕去，神色痛苦不堪。斯通觉得自己冷酷得不近人情，但他不能半途而废。

"特拉斯克先生无法告诉你他自己都不知道的事情，"他冷冷地说，"我就是权威，你必须回答我。说吧，华林博士有没有给你钱和红宝石领带夹？"

"他给了。"

"为什么？"

"作为礼物。大家不是都会赠送礼物的吗？"

"因为他爱你？"

"是的。"安妮塔的声音陡然变得温柔起来，眼睛看着无限的前方，小巧的嘴唇颤抖着。

"可你刚认识他才几天的工夫！你来科林斯之前，从未见过他？"

"从未见过。"

"这个供述太奇怪了吧？他怎么可能在如此短的时间内就爱得难以自拔？"

"你以前没听说过这样的事情？"脸上一副恶作剧的神情，黑眼睛里含着笑意。

斯通一时语塞。他凝视着这个乖张的年轻人，一面恣意妄为地愚弄他，一面显得那么稚嫩无助、身心俱疲。

"你和华林博士有亲属关系吗？"

"哦，没有。他不是我的亲属。我说过，在我到此地之前，与他素昧平生。"

"而他把那些财物送给了你？"

"的确是他送给我的。我对此发誓，虽然我没有证人替我作证。"

"而你竟然接受了！接受了一大笔现金和宝石领带夹，从一个萍水相逢的男人那里！一个即将结婚的男人！一个年龄比你大两倍的男人！你得承认，这讲不通啊！"

"为啥讲不通？难道他没有权利按自己的意愿送给我东西吗？"

"奥斯汀小姐，稍等。你爱他吗？"

"可能吧。"

"那么，如果你是爱他的，你想让他的名声被玷污吗？你想让人们一想起华林博士，就会联想起这种——婉转一点说的话——值得商榷的行为吗？"

"可是，他确实把东西送给了我。"

"除非你能更加明确地解释他这么做的原因，否则我很难相信你。是你自己主动开口要的吗？"

"哦，没有！"

她断然否定，态度诚恳，但斯通却开始怀疑她不仅是个聪明的撒谎者，还是一个演技高超的年轻演员。

"好吧，"短暂停顿后，他又继续说道，"奥斯汀小姐，我还可以告诉你，我来这里的目的就是为了破案。即便你告诉了我事实，我也不会就此满足，我还将从其他方面去——求证。我还要告诉你，我并不想把你牵扯进来，也就是说，我希望能把你的名字和这件事撇干净，可是，你却让我别无选择，逼着我只能按着调查方向一步一步往下走。再回答几个问题，你就能走了。你来的时候，华林博士在干什么？"

"他，他正坐在书桌旁。"斯通的这席话令她忐忑不安，不情不愿地缓和了一些口气。

"你进来之前，是从落地窗看见他的？"

"是的，窗户上方挂着丝质窗帘，但我从窗框和窗帘的空隙中看到了他。"

"他在看书吗？"

"没有，桌子上有几本书，但他没在读。"

"他站起来，然后开窗放你进来的？"

"是的。"

"他是派人去叫你来的吗？"

"不是，是那样的，是的。"

"你头一次回答才是实话。他没有派人去请你，你是自己主动过来的。他见到你感到意外吗？"

"他没说。"

"那他说了什么？他第一句话是怎么说的？"

"哎呀，我记不清了。他说：'安妮塔！是你！'或者类似这样的话。"

"吻你了吗？"

"是的。"惊恐不安的脸上飞掠过一道绯红。这是她非主动做出的坦白。当她的大脑在忙着回忆那一幕时，它偷偷地溜了出来。

"我不干了！"她喊了起来，"我受不了了！特拉斯克先生，把我从这个可怕的男人手里救出来吧！"

莫里斯·特拉斯克坐在她身边，向她伸出手，神秘女孩握住他的手。这个举动令她心安，于是她说："记住，你是我的律师。不要让他再问我问题，由你来告诉他。"

"可是，他不知道那些事情。"斯通严厉地说。

"那他就胡编乱造好了！我拒绝承受这种迫害。我没杀那个人。"

"等等，奥斯汀小姐，"斯通担心一旦让她现在走了，自己将错失良机，"既然你是公认最后一个见到华林博士活着的人，你就不能躲避，或者逃避最严厉的质询。"他的语气异常严厉，"那天深夜，你来过这里，第二天早晨，他被发现已经死亡。雪地上除了你的脚印，再无其他。没有进出这间屋子的其他方式，因此，你对他的死负有不可推卸的责任。除非，你知道是谁杀的。"

"我，我肯定会被定罪吗？"

她的声音撕心裂肺，紧绷的小脸写满了哀求。可斯通根本不吃她这一套。他已经察觉到她善于欺骗向她提问的人，于是，他便死死地盯着她。

"我没说你一定会被定罪，"斯通故意虚晃一招，"但我说的是你可能会。"

"绝不可能，"特拉斯克宣称，"你记得我告诉过你，斯通先生。"

"而你也记得我拒绝接受你的条件。我将把这个案子一查到底。我可没有说我认为奥斯汀小姐有罪，但我确实要说，她知道华林博士死亡的前因后果，而且她必须要把实际情况交代清楚。"

"如果我说他杀死了自己，"她说，"你会相信我吗？"

"用你的绣花刀？"斯通立即反问道。

"是，是的。"

"事后，你把绣花刀带回公寓房间，然后藏了起来？"

"是的。"

"为什么那么做？"

"为了保全自己的名声。自杀是懦弱的行为。"

"胡说八道！"小谎忍无可忍，再也无法保持沉默，"我说，神秘小姐，你真是个谜啊！你为什么不把你知道的都说出来？能不能破案就指望你是否肯交代。就在这里，你和受害人待在一起，在他死前不久，你很有可能知道发生的所有事情。对了，你是怎么出去的？"

"从我进来的地方出去的。"

"你出去之后，落地窗门就插上销栓了？"

"哦，没有……呃，你瞧。"

"我看你一个字都不要多说，奥斯汀小姐，"特拉斯克命令说，"很抱歉，我把斯通先生请来破这个案子。然而，我现在要送你回家，等我回来后，希望我能说服斯通先生停止查案。但凡我事前料想到你会说出这些话，我就绝对不会让他插手这个案子。走,安妮塔,我送你回去。斯通先生，等我回来。很快就能回。"

两人走了，斯通在长长的房间里来回踱步，若有所思地说："所有的事情都围绕着那个女孩。"

"对头，"小谎说，"可人不是她杀的。"

"泰伦斯，麻烦就在于，你说不是不代表事实就是如此。"

"当然，可是事实的确如此，所以我才会这么说。"

戈登·洛克伍德走了进来，看上去忧心忡忡。

"很高兴能单独和你聊两句，斯通先生，"他说，"我看见特拉斯克送奥斯汀小姐回去了。现在，告诉我，拜托了，你能查出那个女孩的真相吗？"

"目前还没有。她和华林博士的死一样，都迷雾重重。"

"确实如此，但我对她深信不疑。她是某些人妄想的受害者。"

"妄想？"

"是的，我的意思是，有一种错觉，认为她对某人负有一定的义务，或者……"

"把话说得清楚些，好吗？"

"我可能说不清楚，但我肯定……"

"这样吧，洛克伍德先生，"小谎沉不住气，"你肯定那位年轻的小姐是光明的天使，因为你为她神魂颠倒。那没关系，我不会为此而责备你。可是，相信我的话，你可以更快、更好、更稳地解决这个案子，只要你去调查神秘小姐的秘密，而不是在这里喋喋不休地说她怎么清白、怎么清纯。"

洛克伍德看着男子，他刚要被这番冒失的话激怒，然而，小谎认真的神情和坦诚的眼神让他理智了下来，秘书立马将他视为同盟者。

"说得对，麦奎尔，"他说，"首先，我不担心对奥斯汀小姐彻底调查的结果。"

"不过，你完全有理由害怕，"斯通评论道，"当然，我不能保证，但有许多看起来不相干的证据在我看来都指向奥斯汀小姐，她与本案有着千丝万缕的密切联系。"

"斯通先生，你认为这是自杀还是他杀？"洛克伍德问。

"老实说，我不知道。等我掌握了真正的证据，我就会得出一个观点。我是通过问话奥斯汀小姐来调查的，我真不该放她走。下一步，我要做更深层次的问话。我很想抓到那个仆人，野路。"

"你认为他也有牵连？"洛克伍德吃惊地睁大眼睛。

"否则他为什么要逃跑？他肯定是暴露了。很有可能他就是整个案子的关键点。"

"他有罪吗？"

"也许有罪，也许没罪。如果他和奥斯汀小姐是同谋……"

"斯通先生，抱歉，我无法容忍在我面前提及任何会有损那位年轻小姐名声的事情。我们将要结婚，也就是说，我认定了要娶她，并且希望能彻底赢得她的芳心。"

"可是，我知道……我认为，特拉斯克……"

"特拉斯克想娶她，但我觉得他的胜算很小。当然，得由那位小姐来抉择，但我有理由希望……"

"哈哈，洛克伍德先生，她当然会选你，"小谎给他通风报信，"好了，你和我赶快着手去查清神秘小姐的秘密吧。你应该要了解情况，因为你就要和她结婚了，还有，你不相信她身上有什么见不得光的东西。"

"到底能是什么秘密啊？"洛克伍德无助地问，"这样的一个年轻女孩子能有什么样不可言说的天大秘密，竟能主宰、笼罩她的一生？她是谁？是什么人？为什么来这儿？我不相信她来这里只是为了画水彩画。"

"肯定不是，"斯通表示看法一致，"如果仅此而已，那她为什么对自己的家庭住址和家人都遮遮掩掩？据我的了解，她对自己到底住在哪儿已经给出了几个完全不同的版本。"

"确实如此，"洛克伍德认同这一说法，"会不会是她爱开玩笑有点过了头？我向你保证，她喜欢恶作剧……"

"不，不是玩笑，"小谎对此断然否认，"她身上藏着一个真正的秘密，而这个秘密对她来说至关重要，或许对别人来说也是如此。弗莱明·斯通，我猜我该动身去追查她的同伙。"他深深地叹了口气。"我很不情愿离开这个战场，但我必须得去。只有找到了那个发电报的人，才能查出神秘女孩的家人和家族背景。我可不是在吹牛皮,但凡我出手,就不会空手而归。"

虽然他主动承担起这趟差事,但看上去似乎对前景不太乐观,因为这不是一件轻松简单的事情。

"你瞧,"他继续说,"那个女孩很固执,天哪,她的性子可真倔。洛克伍德先生,以后可有你受的。如果你愿意面对真相,那我就去把它们给挖出来啦?"

"泰伦斯,你想去哪里查?"

"当然是去加利福尼亚的旧金山,那份电报不就是从那里发出的吗?我要做的就是找出'A'和她已经搞定的'卡尔',那时你的女孩的秘密就真相大白了。至于博士的死亡,那就是另外一码事儿。"

"你没开玩笑吧?"洛克伍德难以置信地看着小谎,"你怎么能够在大海里捞针呢?"

"我不能,我必须去做。"

"可是,从奥斯汀小姐那里得到信息会简单得多。"

"你把那称为简单!"小谎看着他,"咳,不简单。要我说,从那个反复无常的小丫头片子嘴里掏出实话来比去趟火星都难。"

"没错,从她嘴里问不出话。"斯通说。

"那么,我可以动身了?"小谎问。

"好孩子，再等二十四小时，到时如果仍没有进展，我看你还是得跑一趟。一定要找到野路。"

"我很高兴，特拉斯克先生把你请了来，斯通先生，"洛克伍德一字一顿地说，"但我希望你不要把奥斯汀小姐牵扯进罪案里。她不可能犯罪，如同一只小猫不会犯罪一样。"

"我也希望你能如愿以偿，"斯通不以为意地说，"至于相信一个人能做什么、不能做什么，其实并没多大用。"

"你心里有想法了？"

"是的，我已经有了想法，只是和事实还不太相符，而且似乎无法让事实与之相符合。不过，仍然是个不错的想法。"

"你介不介意告诉我呢？"

"当然啦，我很乐意。我的想法是，约翰·华林是自杀，但我无法找出事实来证实这个想法。你看啊，不仅仅是缺少武器，而且还缺少动机，甚至还缺少机会。"

"他当然有机会，就在这里，独自一个人。"

"如果他手边没有自杀工具，就不能算作机会。在自杀理论里，密室加武器失踪是说不通的。"

"那么在谋杀理论里，什么可以解释得通密室呢？"洛克伍德问。

"我目前还没有想过。华林博士那天晚上看的是什么书？"

"桌子上有几本，靠近尸体的那一本被溅上了血迹，那是马提亚尔的警句诗集。"

"劳驾，能让我看看吗？"

洛克伍德将书取来，弗莱明·斯通仔细查看。这本书不是珍本，也不是精装版，更像是本工具书或参考书。它是一本拉丁文书。

"他喜欢马提亚尔？"斯通问。

"他是所有古典书籍的书迷。当然，他更喜欢读拉丁文或希腊文的原版书。他还是一位现代语言学家。"

斯通将书翻到溅上血迹的那一页，那是第 87 页，然后认真地研读起来。

"在我眼里它们都是希腊文，其实是拉丁文。"他愁眉苦脸地说，"我本来指望除了印刷文字还能找到别的什么文字。"

然而，不规则形状的模糊血迹没有提供什么线索，他只好把书还给了洛克伍德。

"博士有没有私人账户？"侦探突然发问。

"据我所知没有，"秘书回答，"他是个光明磊落的人，我可以任意打开所有的信件，接近他的书桌和保险箱。我从未见他藏匿任何形式的文件。"

"看看也无妨。"斯通说完，立即开始搜查书桌抽屉和暗格。

搜查一无所获，最后终于找到一本小小的支票簿。

这个发现激起了他们的好奇心。因为，整本支票簿都是空白，除了被撕下的一页，留在上面的存根显示，这是一张一万美元的支票，支付指定人为安妮塔·奥斯汀。

众人难以置信地看着支票，愕然无语。

斯通说："上面有日期，正是华林博士死的那天。"

确实是的。这张支票也是赠送给那个奇诡的年轻女人的吗？斯通开始把她认定为女冒险家。是不是有这种可能性：那个看起来如惊弓之鸟的女孩子，故意引诱魅惑了一个男人，然后想方设法诱骗取得这些财物？

太不可思议了，可是，除此之外，还能有其他什么可能呢？

戈登·洛克伍德垂头丧气，万分沮丧。他咬牙切齿地说："我不在乎！什么都动摇不了我对那个女孩的忠心！她没有过错，斯通先生，你是被这些情况给误导了。"

侦探看他的眼神仿佛是在看一个绝望的疯子。

然而，年轻人麦奎尔的脸上表情丰富。

他先是瞠目结舌，接着不知所措，再后来，他显然灵光乍现，因为他咧嘴一笑，可紧接着又陷入沉思之中。

"这难道不是最糟糕的情况吗？"良久，他终于开口说，"弗莱明·斯通，你怎么看？"

"我此刻完全错愕茫然，"侦探回答道，"小谎，这一桩桩证据都表明神秘小姐是个贪得无厌的人，似乎，我说的是似乎，能指向她曾对华林博士使用过不正当的手段，至少为了获取钱财。"

"哦，她没有！"洛克伍德几乎是在呻吟，"不要指责她！也许是华林被她的美貌和优雅迷倒，也许是他把这些礼物强送给她……"

"也许，"小谎说道，"也许他威胁着要杀死她，如果她不肯接受支票、现金和红宝石！也许她为了自卫只好杀了他……"

"自卫！"洛克伍德抓住最后一根稻草，大声叫喊起来，"也有可能啊！"

"不可能，"斯通说，"伙计，理智一些，无论安妮塔·奥斯汀出于什么原因杀死了华林博士，那都不可能是自卫杀人。"

# 私奔计划

出于某种心灵感应或者潜意识，安妮塔·奥斯汀感觉到有人轻轻敲了一下门，尽管已经下定决心不和任何人说话，但她还是打开了房门。

是戈登·洛克伍德。见是他，女孩心里很是欣慰，而戈登不等对方发出邀请，便一步跨入屋内，关上房门。

他的眼里满是爱恋，但说话的口吻却郑重其事。

"安妮塔，"他把声音压得低低的，"大祸临头了，他们已经查到华林博士那天晚上开给你支票的事，这是压死骆驼的最后一根稻草。我觉得，斯通心里已经认定你有罪，而那个年轻小伙，麦奎尔，一定会去查个水落石出。"

"支票？你什么意思啊？"神秘女孩一脸茫然地问。

"亲爱的，和我就不要闪烁其词了，"洛克伍德将自己的手轻轻地放在她的手上，"现在没有时间向你尽情表白我心中的爱意。我们只能假设，现在我已经表白过，我们订了婚，而且我们打算马上结婚。安妮塔，我们要去私奔。"

"私奔！"她吃惊地望着他，但眼神却变得柔和，而苍白的小脸抹上了红霞，"你什么意思啊？"

"这个说法不太中听，"戈登自己都笑了，"可是，你瞧，眼下只能这么做。如果你继续待在这里，你会被抓起来；你要是离开，我也跟你一起走。所以，我们两都走，那不就是私奔嘛。"

"可是，戈登……"

"可是，安妮塔……就回答我一个问题，你爱我吗？"

"爱。"仰起的小脸上笑意盈盈，满目含情。

"比对华林博士的爱更深？"

两人的目光交织。洛克伍德平日没有表情的脸上此刻写满了焦灼渴望，深邃的眼睛里燃烧着难以抑制的激情。他搂着她的肩膀，深深地看着她，等待着她的回答。

"是的。"终于，她作出了回答，可爱的双唇在颤抖着。

"这是我唯一想要知道的！"他将娇小玲珑的身躯拉进怀里，一边带着胜利者的口气喃喃低语，一边亲吻着她红色的嘴唇。

"你必须要了解更多的情况，"她说，"而我……而我没法自己告诉你。哦，戈登。"

她把脸藏在他宽阔的肩膀上，他温柔地轻抚着她的秀发，说："亲爱的，现在什么都别说。不要勉强自己，除非你愿意说，毕竟，所有的事情我都知道。我知道你以前不认识博士，告诉你我是怎么知道的吧，我在他的废纸篓里发现了一张他写给你的便条。"

"给我的便条！"新的恐惧蒙上了那双黑色的眼睛。

"是的，不用担心，没有旁人再见过它，我把它烧了。便条上写的是'我亲爱的安妮塔……'，总之是一些类似的话。"

"他是什么……什么时候写的？"

"星期天命案发生当晚的某个时候。我猜是在他下午见过你之后，晚上你过来之前。记住，我的宝贝，如果你愿意告诉我那次深夜造访的全部情况，那你就说。如果不愿意，我绝不会问你，也绝不会要求你说。但那是以后的事情，我们美好的将来，我们一起共度的将来。一起共度，安妮塔！你开心吗？"

"哦，太开心了！"柔软的双臂搂住他的脖子，神秘女孩给了他一记香吻，令他的灵魂都在战栗，"戈登，你会爱护我吗？"

"会的，我的小宝贝！爱护你，是不是？给我这个机会！"

"你好像有一个很大的机会，就此刻，"一张笑吟吟的脸凑近他的脸旁，"可是……"她似乎突然想起什么来，"那张支票……他没给过我支票。"

洛克伍德一把捂住她的嘴。

"嘘，亲爱的！不要告诉我任何……任何与事实相违背的话。我看到了支票根，一张一万美元的支票，开给安妮塔·奥斯汀，日期正是那个星期天。"见她要开口说话，他忙制止，"现在，别说话，我们现在没有时间讨论这些问题。听我说，警察正在追踪你。他们会到这里，会来逮捕你。好好想想这一点。我要救你，首先是为了宝贝你着想，然后才是为了我自己。"

"可是，戈登，别急。你认为是我杀死了约翰·华林？"

洛克伍德看着她。

"安妮塔，别问我。真的，我也不清楚自己到底认为是或者不是。我知道你做了伪证，我知道那天晚上你在现场，我知道他写给你的信、开给你的支票，还有红宝石领带夹和钱。可是我……哦，不，我不知道你有没有杀死他。还有许多其他的可能，比如还有野路。可是，亲爱的，这都不重要。我爱你，我要你，不论你的身世、家境，也不论你的过往。我爱的是你这个人，我就是要你，即使你是个罪犯，如果真是这样，我要保护你，拯救你。现在，你无须告诉我你有没有杀死

249

那个人，因为……"他冲着女孩诡秘地一笑，"两种情况我都不信！我对你的诚实半信半疑，同样，这个话题太大，此刻无法展开讨论。无须多言，我相信你杀了他！你，我的小宝贝！证据太过强大，我只能……相信你确实杀了他！这个说法能不能说得通？好了，不管这么多，赶快准备一下，和我一起走。听好了，我们要去私奔，而且一刻都不能耽搁。眼下的难题是，怎么样才能神不知鬼不觉地逃走。无论如何，必须得走。收拾一个小包，非常小的包，我来做个逃跑计划。如果我们能从斯通和他的助手鼻子底下逃脱，那就平安无事了。我有个朋友，可以开车送我们去最近的镇子，那里有一位人很好的老牧师，从我小时候起就认识我、爱护我，到时候他将为我俩主持婚礼。"

"他是不是知道……知道我的情况？"

"我的小女孩，把这些小事都交给我来处理。你这么可爱的小脑瓜就不必操心啦。我会办妥当的，相信我，只要我们能逃脱。"

"我能走吗？我是不是应该待在这里……警方是怎么说的来着？随时传候？"

"安妮塔，要不是我这么爱你，我就会骂你，痛骂你一顿！现在，你要服从你未来主人的命令，准备好临时决定的婚礼，很抱歉没有伴娘，也没有合唱团男孩子们伴唱。可是，我知道，如果我提醒你那不是我的错，你就不会怪我了。"

神秘女孩抬起头，突然放声大笑。天哪，真是个谜一样的女孩！她是由衷地发出欢笑声，仿佛她从未听说过犯罪或者命案。

洛克伍德不解地看着她，然后点了点英俊的脑袋，说："安妮塔，你会原谅我的！你是个心地善良的姑娘。"

然而，她的情绪转眼就变了。

"戈登，我们办不到，"她的语速很慢很慢，"我们永远无法从这座房子里逃出去，更不用说逃出侦探的追踪。巴斯科姆小姐一直在盯着，而亚当斯太太……"

"我知道，亲爱的。仅此而已。我原本是想由你来对付她们，我来想法子避开斯通那边的耳目。你能不能想出办法来？"

"爱自然而然会找到出路。"她低语道，戈登难以抵抗那诱人的微笑，再次将她揽入怀中，满心喜悦地紧紧拥抱着她。

"太可爱了，"他喃喃自语，仿佛在说一件极其重要的事情，"哦，我的小女孩，我多么爱你啊！我见你的第一眼起……"

"那是什么时候？"

"那天晚上，在……在博士的讲座上。我坐在你身后，我是成心把座位换到那里，你穿着那件又可爱又漂亮的灰色裙子，我细细数了裙子上的纽扣。我就是这样才发觉你案发当晚也在场。"说到这，他的语气肃穆了起来，"除此之外，我还通过其他方法知道你在场。我当时听到了你的说话声。是的，我听到了你甜美的声音。记住，那时我已经爱上了你，我还听到了华林和你说话的声音。我当时说不出话来……我没打算发出声音，可是此刻我真希望自己当时能说句话，那样或许能帮到你。"

"戈登，我希望你那时能这么做，"她神色肃然地说，"那样应该能帮到我。"

"可是，亲爱的，你可以把你们谈话的内容一字不落地告诉我。毕竟你现在已经很信任我了。"

"我信任你。不过，哦，像你说的，现在没时间了。这件事说来话长，一件非常可怕的事情，我不想跟你说……"

"那就不要说。你知道的，我答应过你，在你愿意告诉我之前，我不会问一个字。"

"对了，还有件事，"安妮塔说着，脸上一片绯红，"如果我们俩离开，按你说的，那……那钱怎么办呢？"

洛克伍德不解地瞪大眼睛望着她，说："我有钱。你为什么这么问？"

"可是……可是那些讨厌的侦探们，说你……说你负债累累。"

"真是个勇敢的小女孩。我明白你痛恨这一点。好吧，亲爱的，那些道貌岸然的侦探在我书桌里挖出来的昂贵账单，其实都是旧账单，是我父亲生前欠下的，他的名字和我的一模一样。"

"和你的名字一模一样？太奇怪了！"

"哦，其实并不算特例。总之，我尽自己所能去一点一点地付清那些账单。虽然在法律上我没有这个责任，但我想维护父亲的清白名声，就这些。眼下，那一切都顾不上，我要迎娶一位娇妻，为她遮风蔽雨，让她衣食无忧。但是，记住，我不是在打听你的隐私，你是否需要获得某个人的许可才能嫁给我？"

"不用，我二十一岁，在任何州都是合法结婚年龄。"

"啊，你这么大了！我还以为你只有十八岁呢。"

"你介意吗？"

"不介意，你这个小傻瓜！不过，你的母亲，怎么办？"

"哦，我母亲，她不关心我的事。"

"那你的父亲呢？原谅我，但我必须得问清楚。"

"我父亲已经过世了。"

"那就没妨碍了。我们赶紧准备好离开吧。"

"等等，戈登。结婚的话，我是不是一定得……得说出自己的真名？"

一层荫翳蒙上他的眼睛。

"是的，亲爱的，"他小心翼翼地说，"是的，你必须说出真名。"

"戈登，那我就不能和你结婚。"

神秘女孩坐了下来，两手交叉放在膝上，整个坐姿显得那么无助绝望。

"可是，宝贝，除了牧师和证人，其他人都不会知道。"

"你会知道吗？"

"当然会。而我……"

"哦，不管怎样，我不能和你结婚。我谁都不嫁。我不能告诉你我是谁！哦，任由他们把我带走吧，把我抓起来，我希望他们能给我定罪，还能……"

"别说了，我的宝贝，嘘。"洛克伍德一把将她揽入怀中，用自己的胸膛抑制住她的抽泣声。他此时满腹疑惑。这个奇怪的女孩身上到底真相如何？当她伤心难过的时候，安妮塔表现得完全就像个孩子，痛苦欲绝，不管不顾，而他的双臂就是这个孩子此时唯一的避难所。

"安妮塔，不管怎样，你都要和我一起走。"他带着命令的口吻说，"我一定会呵护你。我俩按计划一起走。我刚才和你提到的那个牧师，人非常好，很正直，他会建议你……"

"哦，不要，我不想和牧师谈！"

"你会愿意的。他的妻子是个非常善良的女人。他们将真心诚意地接纳你，并且很乐意让你住在他们家里，那时候，我们再一起决定下一步该怎么办。总而言之，你得先和我从这里逃走。快点，行动起来，把包理好，安妮塔，你是否介意，如果我叫你不要带上那……那笔钱和红宝石领带夹？"

"可那是他送给我的！戈登，我告诉过你，约翰·华林出于自愿送给我的。"

"因为他喜欢你？"

"是的，没有别的原因！反正我要留着领带夹，我要留着！"

"安妮塔，你知不知道，你把我弄得有多糊涂？把我折磨得有多痛苦？好吧，想带什么就带吧。你能不能现在去准备，一旦时机成熟，我就来通知你我们何时出发、如何离开。"

这时，门上传来一声响亮而急促的叩门声，紧接着，亚当斯太太便推门而入。

她看到洛克伍德愣了一下，却没有说什么。

"奥斯汀小姐，"她开口说道，"我不想让你继续住在我的公寓里。我让你一直住到现在，是因为我的丈夫可怜你，不肯赶你出去。我现在也不是要赶你走，但是……希望你能让我们单独待一会儿，洛克伍德先生。"

戈登正欲张口回答，安妮塔抢先答道："先出去吧，拜托了。"她心平气和地说，洛克伍德便乖乖地走了。

"亚当斯太太，我没有理由责怪你，"神秘女孩说，"我心里清楚，你是在替其他的寄宿者着想，谢谢你这段时间以来对我的照顾和容忍。"

黑漆漆的大眼睛里充盈着泪水，这虽然激起了亚当斯太太内心的同情，但她同时也怀疑那是否是真诚的泪水。艾瑟儿·亚当斯心中暗想："一个女孩能把自己的嘴唇弄得红红的，那么她肯定会装模作样、花言巧语。"

不过，她沉住气，镇定地应对。

"奥斯汀小姐，我来是为了告诉你，特拉斯克先生就在楼下，他想见你。他想让你到他家里住。当然，佩顿母女也住在那里，他主动提供给你住宿和保护，直到这件可怕的事情解决了为止。"

"特拉斯克先生！"安妮塔啼笑皆非。

"没错。好了，别犯傻。你心里跟明镜似的，知道他喜欢你喜欢得不得了，一心要帮你解脱，然后娶你。"

"哦，他想得美！"从前的神秘女孩回来了，还是那种冷嘲热讽的口气，"好吧，烦劳你转告他我的话。"

"得啦，小姐，不要摆出一副自命不凡的样子！有人愿意收留你，你就谢天谢地吧。"

"说得没错，亚当斯太太。那么，烦劳你下楼去说一声，我一两分钟之后就下来。给我点时间来梳洗打扮一下。"

"是哦，又要描眉画眼、涂脂抹粉了！"艾瑟儿·亚当斯一边下楼，一边暗自发着牢骚。

事实上，她完全误判了女孩。安妮塔很少借用那些人造化妆品来为自己增色，但当她愿意用的时候，她也只是用作点缀而已。

"她马上就下来。"亚当斯太太对特拉斯克宣布，于是两人在楼下静候。

然而，时间过去了一刻钟，接着，过去了快半个钟头，亚当斯太太只好再次爬上楼梯，前去催促。

这次，她发现人去屋空。

房间里不见的还有：画笔、梳子、一个小提箱、她的帽子和大衣。这一切都毫无疑问地指向一个推论：女孩逃跑了。

"哎呀！"亚当斯太太下来汇报，"她仓皇逃跑了，提包和手提箱都不见了。"

"跑了！"特拉斯克沮丧地失声大喊。

"嗯，她不在房间里。她的行李箱上了锁，用带子捆扎着，而她的手提箱不见了。帽子和大衣也不见了，所以，你猜也猜得出是怎么回事。"

但莫里斯·特拉斯克没有待在那里胡猜乱想。

他第一时间回到家，把消息通报给弗莱明·斯通。

"逃跑了？她跑了？"斯通说，"我倒是曾预料过。"

"你预料过？然后却没有采取任何措施去阻止！你可真是个高明的侦探啊！好吧，既然你如此聪明，那么说说看，她去哪里了？"

"洛克伍德在哪儿？"斯通一针见血地问道。

"洛克伍德！"特拉斯克如梦初醒，"不论他在哪，他都不会和安妮塔·奥斯汀一起逃跑！万一他是，老天啊，我就打断他身上每一根骨头！"

"那你得先抓住他再说。"侦探微笑着说。

"我会抓住他！我派你去抓。还有，听好了，如果她和那个男人一起跑了，你不要有任何顾虑，把她也抓了，两个一起抓，接下来，就一鼓作气，坐实她的犯罪行为。"

"她有罪吗？"

"她有罪吗？当然有！我清楚得很。"

"你是怎么知道的？"

"让我来告诉你。我认出了她的眉毛。"

"我也认出了她的眉毛，但眉毛没有告诉我她是个凶手。"

"哈，它们可告诉我了！是这样的，她的眉毛，不仅仅粗大浓黑，而且在鼻梁上几乎连到一起。"

"多可爱的鼻子哟！"小谎插嘴道，不过他感兴趣的是安妮塔，而不是特拉斯克的推论。

"你的相面术知识有没有告诉你，那些相连的眉毛是罪犯的特征之一？"斯通问。

"不是那么回事。但是，它们是特鲁斯德尔之眉。"

"特鲁斯德尔之眉？"斯通扬起自己的眉毛，"听上去像是某个专卖产品。不是人造眉毛，对吧？"

"斯通先生，你听清楚了，我现在可没心情任由你取笑。那些眉毛在特鲁斯德尔家族里很常见，我的祖伯父就娶了一个特鲁斯德尔家的姑娘。"

"你的祖伯父娶了一位特鲁斯德尔家族的人，而你的祖父没有？"

"没有，所以我没有那样的眉毛。"

"嗯，那你就不属于他们家族，身上没有特鲁斯德尔血统。"

"可是那个女孩子有。"

"确实呢！很有趣，不是吗？"

"咦，弗莱明·斯通，别用那种口气说话。"小谎紧紧皱起了眉头，当然那不是特鲁斯德尔之眉，"我倒是看到了一道亮光。特拉斯克先生，你说是你的祖伯父，那么他的名字是……"

"华林，还用说嘛。亨利·华林。我的祖父是詹姆斯·华林。"

"那这位亨利·华林，他是约翰·华林博士的父亲？"

小谎刚问出口，斯通猛地坐直了身体，死死地盯着特拉斯克。

"是的，亨利是约翰·华林的父亲，我祖父是亨利的哥哥詹姆斯。这就是我的家谱关系。作为唯一的后代，我成了这里的继承人。可是，你有没有看出来，华林博士的母亲是特鲁斯德尔家族的人……"

"而奥斯汀小姐是她的一位亲戚，与特鲁斯德尔家族有关联……"小谎激动不已，喊出声来，"她就发现了这一点，于是来到这里，就……"

"没错，"特拉斯克说，"就想方设法以亲戚为理由，从约翰·华林那里获得金钱。"

"她会是什么样的亲戚关系呢？"

"也许是华林博士的侄女，或者表亲；也许她和华林博士母亲的关系正如我和他父亲的关系一样。这样一来，就可以说得通他为什么要赠送给她钱和领带夹，也许是她烧毁了遗嘱！那样的话，她……"

"事情就变得错综复杂起来，"斯通脑子转得很快，"不过，如果奥斯汀小姐与特鲁斯德尔家族有关联，那就给了我们调查她背景的方向。"

"好吧，去调查，"特拉斯克脱口而出，"我不怕失去继承权，因为我是华林的直系亲属，而她可不是。"

# 云开雾散

特拉斯克在弗莱明·斯通的协助之下，开始调查华林的家谱，不料却碰了壁。就他们手头掌握的资料来看，华林博士没有任何兄弟姐妹。他的母亲来自特鲁斯德尔家族的一个分支，也是那个家庭里的独生女。不过话又说回来，也很可能如特拉斯克所猜测的，神秘女孩是特鲁斯德尔家族的人，而她与约翰·华林母亲之间的亲属关系和特拉斯克与约翰·华林父亲之间的关系是一样的，即二代表亲的关系。

"这就合理解释了女孩出现在这里的原因，"斯通说，"既然这是我们能想到的唯一理由，那我们就必须得顺着这个线索追查下去。"

"等我一旦抓到那个女孩，我就去查这个线索，"特拉斯克自告奋勇，

"斯通先生，她现在会在哪里呢？"

"依我看，不会走太远，因为所有的车站和出城的道路都已布了控，她没法轻易地离开科林斯。"

"她可以坐汽车出城。"

"谁带她走呢？"

"那还用说，当然是洛克伍德。"

话音未落，戈登·洛克伍德走进了华林书房。他素日里的镇定自若完全没有了踪影，双眼疯了一般直愣愣瞪着，说话的声音颤抖不已，"她走了！安妮塔走了！"

"是的，我知道。我原以为你和她一起走的！"斯通也吃惊地瞪大眼睛看着他。

"没有，我没有！"洛克伍德多此一举地申明，"斯通先生，找到她，你能找到的，对不对？"

"我能，"小谎说，"但你要告诉我一件事情，洛克伍德先生，要实话实说。"

"什么事？我会毫无保留都告诉你。我担心……"

"你担心她会自杀，"小谎冷静地替他说完，"现在你得告诉我，你俩有没有……呃，你懂的。"

大男孩面红耳赤，斯通莞尔一笑，说："麦奎尔对罗曼蒂克的事情还是有点小羞涩。他想说的是，你和奥斯汀小姐是恋人吗？"

"是的，"洛克伍德语气坚定地说，"她是我的未婚妻。"

"很好，"小谎说，"那么，我去找她。在这种情况下，她还不会意气用事。"

他摇了摇自己聪明的小脑袋。

"她在哪儿？"斯通问道，他心里很肯定，这个小伙子会给出答案。他了解小谎身上具有占卜般的预知能力，可以猜透特定情形下的真相。

"要把她带到这来？"他问得很干脆简洁。

"是的。"

"我去带她来。"

一把抓起帽子，他冲出了房子，可身后紧跟着莫里斯·特拉斯克。洛克伍德本想拉住特拉斯克，但斯通对他说："让他去。事情已经到了危急时刻，而特拉斯克能助一臂之力。"

小谎朝着亚当斯公寓走去，却在公寓隔壁的门前停了下来。这里是艾米丽·贝茨的家。

按响了这位女士家的门铃后，小谎请求拜见女主人。

"贝茨太太，"他彬彬有礼地说，特拉斯克站在一旁静静地听着，"我们想见一见奥斯汀小姐，拜托了。"

"安妮塔！"贝茨太太支支吾吾，"呃，她……她不在……"

263

"哦，她在这里，"小伙子不急不躁、彬彬有礼，"您看，我们必须得见到她。"

"我在这。"神秘女孩从隔壁房间里走了出来，她扭头对贝茨太太说，"我想，还是听从你的建议，把所有的一切都照实说出来。"

"别在这里说！"小谎大叫，"奥斯汀小姐，拜托，不要在这里编故事。哦，不是，我是说，不要……不要泄露身份。"

这个对他来说生僻的词几乎令这个兴奋不已的大男孩语塞，他平时一遇到情绪激动的时刻，便口不择言，虽然一直在努力想改掉这个缺点。

"算了，不用咬文嚼字了，"莫里斯·特拉斯克此时出来说话，"现在由我来把控局面。奥斯汀小姐，你把自己的故事都说给贝茨太太听了吗？"

"是的。"安妮塔神色很忧伤，但态度坚决。

"那么，你讲给我听听。我是华林财产的继承人，因此我有权利知道你所了解的一切，关于这个家族。"

他的神态表明自己对一切都了然于心，而且他已把安妮塔归类为"这个家族"，安妮塔见到这个情形，不由得大吃一惊。

"你都知道了？"她喊道。

"没错，我知道，"他俨然郑重其事的样子，"我坚持认为，在你把故事说给其他人听之前，我要和你单独谈一谈。"

"好吧，可以，"她说，她的眼神变得严肃起来，"贝茨太太，请你和泰伦斯给我们十分钟。十分钟已经足够，接下来，我去见斯通先生，如果必要的话。"

待门一关上，特拉斯克便开口说道："听着，我知道你的身份。"

"我不相信你的话。"神秘女孩那道"特鲁斯德尔之眉"下向他射来直直的目光。

"嗯，不管怎么说，我知道你是特鲁斯德尔家族的一员。"

"说得对，我是。继续。"

"我只是不知道到底是哪一个分支。"他听上去略有点心虚。

"但这个分支势力强大到可以支持我，并对你的继承权加以干涉。"

"不可能！特鲁斯德尔家族里没有人比我与约翰·华林的亲属关系更近。"

"你这样认为？你就不妨听仔细了。"

随着神秘女孩叙述自己的故事，这个男人的脸色垮了下来，他呆若木鸡地坐着，一动不动，当她说完这个简短但离奇的经历时，他说道："老天爷啊！你打算怎么做？"

"我不知道该做什么。"

"如果你说了出来，我……"

"当然，你不再是。"

"如果你不说出来，那么，约翰·华林的名声将保持清白……"

"约翰·华林的名誉根本没有蒙尘！你什么意思？"

"听好了，奥斯汀小姐，你会对这一切都保持缄默，对不对？我会把那些侦探都打发走，我还会安排结案，把整个事件都掩盖起来。接着，你嫁给我，我们之间的表亲关系很远，我还将建造一座华林纪念碑，其规模超过你所见过的所有碑石。"

"省省吧，别再提什么嫁给你的话了，"她反唇相讥，"不过，我还是有可能会同意你的计划。我尚未决定该怎么做……对了，特拉斯克先生，是谁杀死了我的……华林博士？"

"别去管凶手是谁了。就认定是自杀。无论如何，肯定是自杀。"

"不，我并不确定。哦，真不知道该怎么办才好。"

"时间到了，"门外传来小谎的声音，"我说，奥斯汀小姐，你不妨听取我的建议，过去把你的事情都说给弗莱明·斯通听。从长远的角度看，这是你最好的抉择。"

或许是男孩的这一番话，或许是安妮塔在特拉斯克的眼中看到了一道失望的贪婪神色，她决然地站起身，打开了房门，说："我正打算这么做。贝茨太太，和我一起去吧，也许，你不想去？"

"哦，我承受不了，"贝茨太太说，"安妮塔，亲爱的，别叫我去。"

"好吧，你就留在这里。我很快就回来。"

神秘女孩再次穿过白雪皑皑的田地，向华林府邸走去，这次，她将拨开身上的重重迷雾。

"你找到她了？"斯通说，当三个人走进书房的时候，他和洛克伍德仍坐在房内。

"找到了，"小谎说，"我是想，一个可怜的被追捕的女孩能去哪儿呢？于是我对自己说，她肯定会去最近的、对她最好的那位女士的家里。当然，那就是贝茨太太的家，最后证明确实如此。而且，她准备说出事实的真相！"

小谎天生说话口气夸张，再加上手舞足蹈的比画，更是加强了说话的效果。

"我会的。"安妮塔沉静地说。

她径直走到洛克伍德的身边，他平静地拉住她的手，将她带到宽大的长沙发上坐下，自己也坐在她身边。

两人的手没有松开，于是，她开始讲述自己的故事。

"正如特拉斯克先生所猜想的，我与特鲁斯德尔家族有血缘关系。"她娓娓道来，"不过，与此同时，我还有华林家的血缘。约翰·华林是我的父亲。"

屋内一片寂静，每个人都震惊得说不出话来。弗莱明·斯通曾有过各种大胆的推测，但从未想到过这一点。

小谎在震惊之余，很快给出了定论："这就是说，她没有杀死他！"

戈登·洛克伍德意识到自己少了一个情敌，因此喜不自胜。

特拉斯克早就知道了真相，明白自己将不再是继承人，因此垂头丧气地坐着。

安妮塔美丽的容颜上虽然带着忧伤，但仍能看出她为自己的祖先而骄傲，这时，她继续往下说："这是他的故事。约翰·华林二十岁光景，遇到了一位姑娘———一个女演员，他一时意乱情迷，被爱情冲昏了头脑，决定和她结婚。其实两人在性格脾气、家庭背景上都极不相称，所以，没过几个礼拜，他们便同意分手。当时没有提出要离婚，他们只是希望暂时分居而已。每到约定的时间，他会给她寄钱。他追求的是安心做学问的平静生活，而她热衷于多彩热闹的社交氛围。她是个好女人———一直到今天都是个好女人，她就是我的母亲。"

说完这番话，屋内再次陷入沉寂。她说的是今天，而不是以前。约翰·华林正是她的亲生父亲！

戈登·洛克伍德紧紧握住她的手，仅仅听她叙述就已让他心满意足。无论她说出什么样的故事，都无法削弱他的爱恋和倾慕。

"我此刻告诉你们实情，是为了她的缘故，也为了我的父亲。他们两人的名誉都不应受到任何玷污，他们只是性格不合，习性不符，所以无法共同生活。

"我刚才说过，几个星期之后，他们分居了，而父亲并不知晓我的出生。母亲不肯让他知道，担心他会回来找她。她是个无忧无虑、大大咧咧的姑娘，她很爱我，但不爱父亲。再后来，大概在我四岁的时候，母亲伪造了一份死亡证明，然后寄给父亲。她这样做是因为她要割断与他的一切关联，不留下任何与他再次见面的机会。当时，她在影坛已然崭露头角，名利双收。我是她的掌上明珠，她给予我充分的母爱，无暇与别的男人谈恋爱，她只为了我和艺术而活。作为一位好演员，她的名气仅在加利福尼亚红极一时，她在那里定居，受人尊敬和爱戴。加州的气候也与她的气质相符，轻松、自由、慵懒，而新英格兰忙碌紧凑的生活她肯定无法适应。我希望你们能理解我的母亲。她以前……现在也是一只蝴蝶而已，只关心简单而小小的幸福。她的家舒适迷人，本人的性格天真活泼。但她无法承受责任的束缚，一旦强加在她身上，她便会恼怒不已。不过，这些都无伤大雅。约翰·华林获悉妻子的死讯后，便心无旁骛地钻研学问。

"后来，母亲从报纸上得知他要结婚的消息，一下子惊呆了。她一时乱了方寸。一方面，她不能让他在不知道自己仍活着的情况下，与另外一个女人结婚；另一方面，她又不能提起离婚诉讼，因为这样势必会给他的过往历史抹黑。

"最后，她慢慢意识到，既然他已经功成名就，自己不妨恢复他妻子的身份地位。于是，她便把事情的来龙去脉都一一告诉了我，在此之前，我完全不知情，然后，她就让我来到此地。我此行目的是先见一见华林博士本人，然后再依据自己的判断力来决定，何时向他吐露实情、用何种方式告知。

　　"我满怀着对一个从未履行过父亲职责的人的厌恶和憎恨来到这里。母亲对他毫无怨言，这一点是肯定的，但是我仍然对此事耿耿于怀，于是，我一时逞强，答应下这趟差事，打算见机行事，制造些麻烦。

　　"可是，当我一见到约翰·华林，当我发现那位儒雅清俊的男子是我的父亲时，我知道我所有的爱、所有的忠贞都是他赋予的，与如此出众的父亲相比，我从母亲那里传承来的特质简直微乎其微！

　　"除了特拉斯克先生所称的特鲁斯德尔之眉，我和母亲长得几乎一模一样。还有，分居之后，她用回了婚前的名字：安妮塔·奥斯汀。所以你们现在可以想象出，当华林博士第一次听到这个名字，第一次见到和他妻子一个模子里刻出来的活生生翻版时，他是有多么震惊，别忘了，他本来还以为她已经死了。

　　"可是，我身上负有使命，于是，我来到了这里，那个礼拜天的晚上。"

　　一干听众坐着，纹丝不动。洛克伍德握着她的手，感受着女孩讲述故事时每一次情感的战栗。弗莱明·斯通听得入迷，觉得这是自己职业生涯里所听到的最曲折离奇的故事；小谎听得瞠目结舌，如醉如痴，不由得握紧了双拳；而莫里斯·特拉斯克听着，心里愈发确定原本可以到手的遗产势必要拱手让人了。

当安妮塔开始讲述星期天晚上发生的一切时，众人均屏气凝神。

"我来到落地窗前，轻轻敲打玻璃。华林博士开门让我进屋，我就坐在他身边的那把毛绒椅上。

"关于我和父亲之间谈话的具体内容，我就不予赘述。那是我一生最为神圣而至爱的回忆。我们相投契合，从开口的第一个词开始，就表达着对对方的爱意。而我们也发现父女二人有着相同的品位和追求。哦，他还活着该多好啊！我告诉他关于母亲和自己的情况，他听了几乎精神崩溃。我本想饶了他，可我能做什么呢？他必须得知道实情，尽管这意味着他的事业前途都将毁于一旦。他当时立刻表态，他将放弃大学校长职位，因为他的过往历史一经曝光，自己便没有颜面阻止消息的传播。他不能迎娶贝茨太太，也不能把母亲接到这里做女主人。

"当初草率冲动下决定结婚，其实他本身并没有真正犯下什么错误，但给自己的名声带来了污点，而且是致命的污点。

"那时，他坐着出神地思考这些可怕的情况，突然意识到我的存在，于是又开心喜悦起来。他从第一眼就喜爱上我，深深地爱上我，而我也爱着他。我敢说，再没有第二对父女像我们这样，将一生的父女之情浓缩在如此短暂的时间之内。"

安妮塔一鼓作气说下去，中间不敢有停顿去思考。她的小手紧紧地握在洛克伍德的手中，仍不时地颤抖着，而她的声音却镇定平稳，因为这是她为父亲证明清白的机会，绝不能有丝毫差池。

"终于，他对我说，我该走了，而他会想想自己接下来该怎么办。他给了我一笔钱，因为他担心我身上没有现金，还给了我红宝石领带夹，让我把它当作父亲的第一份礼物而永久保存。带着无限的温柔，他向我道了别，然后替我轻轻地打开玻璃门。我出去之后，他便关上了门。

"我回到亚当斯公寓的房间，当然，在雪地上留下了脚印。我记得那天晚上非常寒冷，天上的星星那么亮，一闪一闪的，但我除了父亲，其他的都没有心思顾及，除了我那出类拔萃、卓然不凡的父亲。我希望，哦，我是多么希望能找到办法让他和我生活在一起。我不知道他会怎么做，但我向上帝祈祷，会找到办法。

"后来的事情你们都知道了。对于父亲死亡的方式，我一无所知。对于野路，我毫不知情。起初我缄口不语，保守秘密，是因为我想那是维护父亲声誉更好的办法。但此刻我觉得，说出来会更好。我无法承受这个秘密的重担。

"再多说一句关于母亲的情况。她多年来一直有一个追求者，叫卡尔·梅尔罗斯。她这么多年都和他保持距离，不过，你们从她发给我的电报上可以得知，她要么已经嫁给了他，要么答应了求婚。同样，她建议我把实情都全盘托出。现在，我已经做到了。"

不顾及其他人的感受，洛克伍德在女孩向他身上倾倒过来时，一把将这个疲惫不堪的女孩揽入怀里。他的镇定淡然给予她极大的帮助，而他温柔却坚定的拥抱给她注入新的勇气去面对挑战。

"非常感谢，奥斯汀小姐，"斯通几乎带着敬意说道，"在整个事件过程中，你表现出极大的智慧和勇敢，对此本人赞赏不已。你是个卓尔不群的女孩，能与你结识，是我的荣幸。"

弗莱明·斯通难得能说出这样一番话，简直是破天荒，安妮塔心知肚明，满怀感激地看了他一眼。

小谎的泪水如开了闸一般，涕泪横流，他上前跪在她的面前。

"哦，奥斯汀小姐！"他泣不成声，"哦，安妮塔小姐！"

唯独特拉斯克丝毫不为所动，依旧抱着双臂坐着，眉头紧皱。

但屋内的人都没有留意到他。这时，斯通若有所思地说："华林博士之死，其错综复杂的程度是前所未有的。"

"的确如此，"洛克伍德深表赞同，"可是，斯通先生，我现在可以肯定地说，这是一起自杀案件。动机很充分，我非常了解华林博士的为人处世，知道他一向从善如流，我确信他当时感觉到别无选择。我清楚他是如何判断出这件事的曝光会对学校声誉带来负面影响的。连篇累牍的丑闻报道将会有损科林斯大学的名望，而这一点，仅此一点，即可让他做出这样的决定。我太了解他了，我可以肯定地告诉你们，他绝不会为了逃避个人的麻烦或者痛苦而了结自己的生命，但为了他人，也包括贝茨太太在内，他会做出牺牲。

"我很清楚，我对自己所说的话确定无疑，他是如何意识到，媒体和公众一定会原谅饶恕一个死去的人，而只要他活着，这件事的冲击势必会落在他敬爱的学校以及钟爱、敬重的女人身上。

"现在，我确信他预估到，这件事终究无法掩盖，而曝光所带来的影响和冲击将会比他活着要小得多。我明白事情就是如此，因为世上没有几个人能像我一样了解约翰·华林。"

约翰·华林的女儿投来感激的一瞥，感激他所作的这一番颂词。

"那张一万美金的支票呢？"特拉斯克突然发问，他的心思仍然都在和金钱相关的事情上。

"我认为那肯定是送给我母亲的，"安妮塔说，"我刚才说过，她恢复了自己的婚前名字，在我们的见面过程中，父亲告诉我，他应该马上给她写信，并寄钱给她。我肯定他确实这样做了。"

洛克伍德接着说："这一点毋庸置疑。这样的话，那封信应该是在第二天早上寄出。回执会证明有无此事。"

"同时，那封他写给母亲的信也能证实我刚才所讲述的事情。"安妮塔说，而她和戈登担保的事情后来都一一得到了证实。

安妮塔又进一步解释道："我后来觉得贝茨太太理应知晓内情。于是，当亚当斯太太要将我逐出公寓，而我又不愿接受特拉斯克先生住到此地的邀请时，"她含情脉脉地看着洛克伍德，"当时我还不愿接受你的疯狂计划，于是，我就来到隔壁房子，把一切都告诉了贝茨太太。她对我非常亲切和蔼。好了，如果你们允许的话，我将回到她那里。我累坏了，简直筋疲力尽，实在撑不住了。你们若是需要我，我就在贝茨太太的家里。我的所有事情都交由洛克伍德先生和斯通先生来决断处置。小谎，亲爱的，你能送我回去吗？"

犹如天助神力，小谎挺身而起，站到她身边，一眨眼两人便走远了。

待小伙子再次回来时，其他人正热火朝天地讨论约翰·华林之死的种种谜团。

"我要放弃了。"已绞尽脑汁的弗莱明·斯通声称。

"弗莱明·斯通，千万别放弃，"小谎热切地说，"还是应该查明真相。你可从未放弃过一个案件啊！"

"是没有。那么，小谎，我们该从哪里着手呢？"

奇怪的是，男孩的脸上显出几分尴尬来，过了会儿，他羞涩地说："先生们，能让我单独在这个房间里待一会儿吗？我不敢保证我能找到啥，但我很想试试。"

小谎说话突然变得随意起来，从这一点斯通判断出自己年轻的助手是认真的，于是他起身说道："当然可以，孩子。其他人去别的房间商谈，讨论一下奥斯汀小姐所说的哪些部分必须要公之于众。"

其他人都离开之后，小谎立即走到一座书架前，那里摆放着被污损的马提亚尔书卷，即约翰·华林过世当晚正在翻阅的那本书。

翻到溅满血迹的那一页，这个大字不识几个的男孩急切地读着上面的诗句。试着读了几行之后，如果说算得上是读的话，他从内心里发出了哀叹，因为他根本不懂拉丁文。

他双手托腮，绝望而徒劳地干瞪着拉丁文，然后立起身准备向门口走去。

这时，他收回脚步。"我必须自己来做这件事，"他自言自语道，"我必须自己来。"

接着，他在书架上搜寻，最后找到一本拉丁文字典。

他对语言的基本规则并非一窍不通，因为斯通一有空暇便会教他学习。

在费了好一番九牛二虎之力翻查之后，小谎终于对这一节诗的大概意思捋出点头绪。

他激动得两眼放光，左右巡视着房间。

"不可能啊，"他喃喃自语，"不过，咦，不可能会是别的！"他挺直身子，仔细查看每一扇窗户，并且格外留意上面的窗钩。他从书桌踱步到房间的小后窗处，然后再走回来。

"这是唯一的方法，"他反复念叨，"唯一的办法。哦，天哪！绝妙的办法！"

他赶紧去找斯通，看到那三个人正闭门关在客厅里，与他们一起在房内的还有一个人，野路。

斯通一直在通过刊登启事和散发传单来寻人，这份坚持不懈的努力最终得到了回报，此刻，这个神情麻木冷漠、不置可否的日本人就在那里，很配合地把自己所知道的情况都悉数道出。

小谎上前打断了他的陈述。

他吩咐道："回到开头，让我也听听全部情况。弗莱明·斯通，不耽误事的。"

"我当时正在餐厅里当值，"野路说，"我已经给书房里送过水。我累得很，心里盼着主人能早点休息。所以，我就时不时地从餐厅里的小窗口上往书房里偷瞄两眼。我看到一位女士来做客，后来我又看到并听到她离开。那时我希望主人也马上去上床睡觉。可是，没有，他非常忙碌。他写了几封信，烧了一些文件，在房间里不停地走来走去。他心神不定，看上去很心烦的样子。后来，他坐在书桌旁，开始看书。"

"是这本吗？"小谎激动地喊道，手里挥动着马提亚尔警句集。

"我看着像，反正和这本差不多。"

"就是这本！说下去。"

"后来，哦，太奇怪了！后来，主人站起身，走到房间后部的一扇小窗那里。"

"哪一扇？"

"在大地球仪旁边的那扇，然后，他把窗户打开。可是，过了一会儿……"

"他有没有把手伸出去？"小谎大声问。

"有，我还以为他是在试探有没有下雨。没错，他把手伸出去一会儿，然后就关上窗。"

"并且锁上了窗？"小谎问。

"窗户上有弹簧扣，能自动上锁。后来……啊，接下来就出了怪事！后来，他回到书桌旁坐下，不一会儿，他就倒下，血喷了出来。"

"是他自己捅的吗？"小谎问。

"我不清楚。他好像没做什么，除了抓了一下自己的耳朵，然后就倒下了！那个样子太吓人！我吓得要死，就逃跑了，没命地逃。"

"很好，"斯通说，"可是，到底用了什么武器？"

"我知道，"小谎激动得几乎尖叫出来，"哦，弗莱明·斯通，我知道！"

"泰伦斯，快点，说啊，孩子，说慢点。别太激动。"

"先生，现在还不能说，"年轻人一下子镇定了下来，"可是，我知道。先生，稍等片刻。警探们在案发后在屋子里拍了一些照片，现在那些照片呢？"

"我去拿。"洛克伍德说完便走出了房间。

他回来后，小谎找到一副放大镜，细细地查看其中的几张照片。

他一脸严肃地说："弗莱明·斯通，这证明你破了一件奇案！"

虽然这个小伙子是自己破了案，但他天性不会邀功，他对斯通的忠诚自然而然从内心流露出来。

他接着说道："拜托，我不认识拉丁文，但你能在沾有血迹的那张页面上找到华林博士死亡的原因。他当时在看马提亚尔的书，这一点我们都知道了，而且……"他指了指警句诗集里所提到的那一页，"他在看书的时候，找到了解决的办法。"

这番郑重其事的陈述令斯通颇为震撼，于是，他拿起了那本书。

"我是翻译出来，还是用拉丁文朗读？"他征求众人意见。

"等等，我去拿马提亚尔的英文版书。"洛克伍德说，他是考虑到特拉斯克可能对这门已经不再使用的语言一无所知。

"是警句集里的哪一节？"把书取过来后，他问道。

斯通告诉他是第四节，洛克伍德依言找到对应的出处，然后把英文版本递给斯通。侦探大声地朗读下文：

译 文

第 4 册，第 18 节

纪念一位青年被掉落的冰柱所杀。


就在靠近阿格里帕柱廊门口的地方，

那里总是在滴水，打湿了地面，走道湿滑，

寒冷的天气，滴水如注，凝冰成柱，落在一位青年的脖子上，

他正在进入潮湿的神庙，而它给这个不幸的男孩带来残酷的厄运，

凶器却在自身所造成的伤口温度下慢慢融化。

命运多舛啊！

当变形之水亦能刺破咽喉，便完成了无器凶杀。


众人黯然无语，小谎率先打破了沉默："你们瞧，他决定用冰柱刺死自己，而他也这么做了。他的确做到了！"他带着胜利的口吻重复了一遍，"他走到房间后部大地球仪旁的那扇窗户，然后掰了一根冰柱，瞧，这就是证据！弗莱明·斯通，你从放大镜看。"

斯通拿起放大镜查看，明白无误，那扇窗户框格外悬挂的冰柱中有一根不见了！那正是野路所说的华林曾打开的那扇窗户，他当时把

手伸出去了一会儿。

显然，他从阿格里帕门廊下的青年故事里获得灵感，于是掰断了一根冰柱，那晚天寒地冻，冰柱冻得硬邦邦的，回到椅子上后，用冰柱尖锐的圆形柱头捅破了自己的颈静脉，然后便不省人事。

那根冰柱在伤口处渐渐融化，最终消失无踪，生命也在片刻之后消亡。

众人来到书房，野路按吩咐模拟了那晚华林博士的行动轨迹。案情最终真相大白，成功告破。

"你们有没有觉得他的本意是想把它做成谋杀现场？"斯通若有所思地问道。

"他不会！"洛克伍德反驳道，"我是说，他不会把任何人牵扯进来。他是那种愿意随时听取建议，并立即着手加以改正的人。我敢肯定，他先是看了这本书，在起身的刹那间茅塞顿开，然后便去获取工具实施行动。与女儿谈完话之后读那本书也符合他的做派。他一向在做出重大决定之前，借助静心阅读来理清思路。倘若那天晚上他没有读到那一页，他当时绝不会了结自己的性命。"

"现在铁证如山，"斯通说，"小谎，这次案子能破，完全是你的功劳。你功不可没。"

听了斯通的褒奖，小谎激动得满脸通红，能得到斯通的认可让他心里再高兴也不过了，然而，他嘴上却这样说道："哦，我只是运气而已。对了，我还有一个发现！我刚才在弄翻译的时候，电话响了。我接起电话，但有人用分机接听，所以我就挂了电话。但是，我等了好几分钟，你猜怎么着？我恰好把额头抵在电话听筒上，于是……"

"红色印环！"斯通大声说，"原来如此！"

"原来如此，"小谎也说了一遍，"我在到处翻找拉丁文字典的时候，经过一面镜子，于是我看到在我高贵的前额上，有一个红色印环，约莫两英寸大。现在印子已经消失了。"

斯通说："没错。毫无疑问，华林当时在打电话，也可能在接电话，他就把脑袋靠在听筒上。"

"这是他的习惯动作，"洛克伍德说，"不过我从未注意到有印子留在他的额头。"

斯通解释说："人活着的时候，印子很快便会消失。一旦印迹在死前留下，由于尸体僵硬，印痕便保留下来。总之，事实便是如此。"

由于证据确凿，案情大白，因此警方便认定了事实。

事件的具体内情只有最小范围内的人才知晓，因为安妮塔和贝茨太太，作为事关最为密切的人，希望如此。约翰·华林的名声没有被打上胆小鬼的烙印，因为凡是了解他的人都明白，他的行为是迫于情势下勇者敢于牺牲的举动，是发自对学校的忠诚，从而避免个人的遭遇为学校招致冷嘲热讽。

他们都认为，他相信真相会被掩埋，而自己的死亡悲剧会阻止世人的责难讨伐。

而他偏偏从未考虑过自己，他生而无私，死亦无私。

特拉斯克乖乖放弃了对财产的继承权，安妮塔母女俩彼此协商处置了遗产。

大家猜测约翰·华林烧掉的那份遗嘱是有利于贝茨太太的，但当他获知了自己有更加亲近的继承人时，便把它销毁了。

"安妮塔·华林。"洛克伍德轻声呼唤，两人终于能够单独相处。

"我喜欢这个名字，"她说，"这是我真正的名字。"

"不过，这个名字也是暂时的，使用它的意义不大，"戈登提出不同的看法，"宝贝，这个名字用不了几天，是不是？"

"真的呢！我要离开科林斯，再也不回来。我珍惜对父亲的回忆，但我无法承受再次看到这些景象。我受够了被人叫作神秘女孩，也受够了行事总是掩人耳目。我只想做堂堂正正的安妮塔·洛克伍德。"

戈登闻之，欣喜若狂。

**图书在版编目（ＣＩＰ）数据**

神秘女孩 / ( 美 ) 卡罗琳·威尔斯著；李晨译 . ——
上海：上海文艺出版社，2022
（域外故事会推理小说系列）
ISBN 978-7-5321-8411-8

Ⅰ. ①神… Ⅱ. ①卡… ②李… Ⅲ. ①推理小说 – 美
国 – 现代 Ⅳ . ① I712.45

中国版本图书馆 CIP 数据核字 (2022) 第 153071 号

## 神秘女孩

著　　者：[美]卡罗琳·威尔斯

译　　者：李　晨

责任编辑：蔡美凤

装帧设计：周艳梅

责任督印：张　凯

出　　版：上海文艺出版社

出　　品：上海故事会文化传媒有限公司
　　　　　（201101 上海市闵行区号景路159弄A座3楼 www.storychina.cn）

发　　行：上海文艺出版社发行中心
　　　　　（上海市闵行区号景路159弄A座2楼206室）

印　　刷：上海中华印刷有限公司

开　　本：889毫米x1194毫米　1/32　印张9.25

版　　次：2022年9月第1版　2022年9月第1次印刷

Ｉ Ｓ Ｂ Ｎ：978-7-5321-8411-8/I·6639

定　　价：35.00元

上海故事会文化传媒有限公司 出品（01090）www.storychina.cn

想看更多精彩故事？
扫码下载故事会APP

上海故事会文化传媒有限公司所有图书可办理邮购，免收邮费(挂号除外)
汇款地址：上海市闵行区号景路159弄A座2楼206室（201101）
收款人：上海故事会文化传媒有限公司出版发行部
联系电话：021-53204159
如发现本书有质量问题，请与印刷厂质量科联系 T:021-60829062